KB210857

구름과 집 사이를 걸었다
박지웅 시집

문학동네시인선 033 박지웅

구름과 집 사이를 걸었다

시인의 말

라일락을 쏟았다
올겨울, 눈과 나비가 뒤섞여 내리겠다

차례

1부

나비를 읽는 법

나비는 꽃이 쓴 글씨
꽃이 꽃에게 보내는 쪽지
나풀나풀 떨어지는 듯 떠오르는
아슬한 탈선의 필적
저 활자는 단 한 줄인데
나는 번번이 놓쳐버려
처음부터 읽고 다시 읽고
나비를 정독하다, 문득
문법 밖에서 율동하는 필체
나비는 아름다운 비문임을 깨닫는다
울퉁불퉁하게 때로는 결 없이
다듬다가 공중에서 지워지는 글씨
나비를 천천히 펴서 읽고 접을 때
수줍게 돋는 푸른 동사들
나비는 꽃이 읽는 글씨
육필의 경치를 기웃거릴 때
바람이 훔쳐가는 글씨

푸른 글씨

언 강물 위에 사랑한다 쓴 글씨
날이 풀리자 사랑은 떠났다
한때 강변을 찾았으나 강은 늘 빈집이었다
그 푸른 대문을 열고 들어가 묻고 싶었다
어느 기스락에서 패랭이를 만나 패랭이꽃을 낳고
진달래와 한 살림 붉게 차리고 살다
그 꽃들 다 두고 어디로 가는가
객지에서 그대를 잃고
나 느린 소처럼 강변을 거닐다
혓바닥을 꺼내어 강물의 손등을 핥곤 했다
저문 강에 발을 얹으면
물의 기왓장들이 물속으로 떨어져 흘러가는 저녁
이렇게 젖어서 해안으로 가는 것인가
세상의 모든 객지에는 강물이 흐르고
그리하여 먼먼 신새벽
안개로 흰 자작나무 숲 지나
구름으로 아흔아홉 재 넘어 돌아가는 것인가
저문 강은 말없이 서쪽으로 몸을 기울인다
강은 언제나 옛날로 흘러간다

가벼운 뼈

새 하나 눈독 들인 흙벽에 그림을 그리고 있다
알맞게 갠 흙덩이를 바르고 지푸라기 이어붙인다
날개로 그림을 말린 뒤 새는 벌판 어디론가 날고
쉼 없이 덧칠한 그림은 도톰하게 올라 마침내 둥지가 되
었다
둥지를 올린 뒤 새는 바람과 상의해 알을 낳았다
새에게서 입구와 알을 넘겨받은 벽은 금세 마음을 사로
잡혔다
벽은 이참에 안쪽과 바깥쪽을 나누는 일을 그만두었다
소리에 시달리다가도 그림 속에 낳은 알을 떠올리면
마음은 먹먹해지고 또 그지없이 총총해지곤 하였다
어쩌면 벽은 흙이었던 날, 흙으로 나기 그 오래전
바람 곁에 알을 낳던 가벼운 새였는지 모른다
그 옛일을 짐작하면 경계 없는 안팎도 어느새 날개였다
새가 그림을 드나들 때마다 알도 그 날갯짓을 간직했다가
잎새에 앉을 만큼 가벼운 뼈를 만들었다
그림 위로 무럭무럭 자라나는 새가 있다
물어오는 것은 어미였으나 먹이란 하늘과 들판이 마련
한 일
먹이를 받아먹으면 봄볕은 손바닥으로 잔잔히
배를 문질러주었다 그러면 벽도 덩달아 편안해졌다
노근한 봄날, 벽과 새는 같은 꿈을 꾸었다
벽은 새를 밀어올리고 새는 그림 밖으로 날았다

소금쟁이

비 개인 뒤 소금쟁이를 보았다
곧 바닥이 마를 텐데, 시 한 줄 쓰다 마음에 걸려
빗물 든 항아리에 넣어두었다
소금쟁이가 뜨자 물은 갑자기 생각난 듯 물이 되었다
마음에 소금쟁이처럼 떠 있는 말이 있다
가라앉지도 새겨지지도 않으면서 마음 위를 걸어다니는 말
그 말이 움직일 때마다 무심(無心)은 문득 마음이 되었다
잊고 살았다 그러다 열어 본 항아리
그 물의 빈칸에 다리 달린 글자들이 살고 있었다
마음에 둔 말이 새끼를 쳐 열 식구가 되도록
눈치채지 못했다, 저 가볍고 은밀한 일가를 두고
이제 어찌 마음이 마음을 비우겠는가
내 발걸음 끊었던 말이 마음 위를 걸어다닐 때
어찌 마음이 다시 등 돌리겠는가
속삭임처럼 가는 맥박처럼 항아리에 넣어둔 말
누구에게나 가라앉지 않는 말이 있다

물의 방중술

연못에 신방이 차려졌다
신부가 알몸으로 들어가 눕는다
신랑의 육체를 돌며 천천히 꼬리 치는
비단잉어, 스르르 밑으로 내려가
입으로 물의 지퍼를 내린다
그렇다고 해서 농익은 몸 와락 껴안는 것은
신부에게는 미안하고 또 무력한 포옹이다
손끝만으로도 쉽게 으스러지는 무른 살로는
가슴으로는 아무것도 안을 수 없다
신랑이 할 수 있는 것은 그저 슬그머니 놓는 것,
태생적으로 불을 지피지 못한다 해도
하룻밤이라면 하룻밤, 백 년이라면 백 년을
제 몸 뚫고 지나가는 신부의 숨결이 되어주는 것
빈틈없기에 오히려 느슨한, 거리를 두고 지켜주는 것
때로는 문지르고 싶어도
때로는 눌러쓰고 싶은 이름이 있어도
태연한 포옹으로 다만, 물들게 하는

순간의 미학

바람 가운데 잠자리와 향나무 끝이 만났다
흔들리는 새순 그 아주 끝에
앉나 싶더니 홀연 물러나 바람을 탄다
먼저 눈 맞추고 있다 바람을 읽고 있다
그만 앉아도 될 법한데 쉬운 일을 쉽게 하지 않는다
잠자리는 맨 처음을 떠올렸을까
덜컥, 가슴이 내려앉는다
저 초록의 끝은 입술이다, 저 잠자리는 입술이다
입술이 입술 앞에 멈추어 있는 것이다
잠자리와 잠자리가 아닌 것 사이로
새순과 새순이 아닌 것 사이로
구름이 들어왔다 슬그머니 나가자
하늘이 푸르고 가느다랗게 눈을 뜬다
저 가까운 거리에 술렁이는 것은 바람의 일이 아니라
태어나 처음 벌이는 야릇한 거래
닿을 듯 말듯 눈 맞추다
어느 결에 두 입술 맞붙어 떨어지지 않는다
향나무 한 그루 뒤로 끄득 넘어간다

냇물 전화기

냇물에 던진 전화기, 한번 몸을 뒤집더니 물고기처럼 달
아난다
지느러미를 가진 언어들이여, 잘 가라

한동안 잊고 살았다
그날 이후, 귀로 들어온 말이 입 밖으로 나가는 일이 없
었다
나는 그지없이 평화로운 나날을 보냈고
흘러오고 흘러가는 것에 무심했다

가끔 발신처를 알 수 없는 문자를 받았다
물로 오랫동안 다듬은 문장이었다
생의 상류에서 하류에 이르기까지 모은 이야기는 아름다
웠으며
그 문장을 손바닥에 받아 마시는 일이 즐거움이었다

다시 한동안 잊고 살았다
남쪽 섬 언덕에 앉아 봄꽃이 마을 담벼락에 들어가 앉는
것을 보았고
금빛은빛 물결에서 나비들이 태어나고 또 꽃까지 당도하
는 광경을 지켜보았다
울고 싶었지만 잊었다

머나먼 아카시아 숲속을 걷다가 비늘 같은 것들이 사르르
머리 위로 내려앉을 때
나뭇잎 위로 흘러가는 푸른 냇물을 언뜻 본 듯도 하다

매미가 울면 나무는 절판된다

붙어서 우는 것이 아니다
단단히 나무의 멱살을 잡고 우는 것이다
숨어서 우는 것이 아니다
반드시 들키려고 우는 것이다

배짱 한번 두둑하다
아예 울음으로 동네 하나 통째 걸어 잠근다
저 생명을 능가할 것은 이 여름에 없다
도무지 없다

붙어서 읽는 것이 아니다
단단히 나무의 멱살을 잡고 읽는 것이다
칠 년 만에 받은 목숨
매미는 그 목을 걸고 읽는 것이다

누가 이보다 더 뜨겁게 읽을 수 있으랴
매미가 울면 그 나무는 절판된다
말리지 마라
불씨 하나 나무에 떨어졌다

칼춤

고향집에 가면
어미는 칼부터 든다
칼이 첫인사다
칼은 첫 문장이다
도마에 떨어지는 칼 소리
저 음절들을 맞추어 읽는다
부부의 물을 베던 칼
부엌에서 할짝할짝 울던 칼
나를 먹이고 키우던 칼
먼 길 돌아온 내 등을
토닥토닥 두드리는 칼
어미는 날 앉히고
칼춤을 춘다

우리의 쌀 발음에 대하여

가벼운 핀잔을 듣고 낄낄거리다가
화장실에 앉아 발성 연습을 한다
나의 발음은 대부분 쌀에 적중했으나
또 대부분은 살로 빗나가 박혔으니
살과 쌀의 과녁에 꽂힌 발음들을 뽑아내며
내 혀의 뿌리를 생각한다
거름이 되지 못하는 거름 위에 앉아
내 유실된 살의 뿌리를 떠올린다
두어 번 헛기침하고 전화기를 든다
싸알 해보세요, 어머니, 먹는 싸알
한동안 뜸을 들이던 어미가 쌀을 따라한다
살- 싸알- 사알- 싸아알-
한 톨은 쌀이 되고 한 톨은 살이 되는
어미의 발음에 문득 뜨거워진다
이 살가운 상봉이라니,
순간 모자간에 혈색이 돈다
살과 쌀이 돌고 도는 이 통화(通話)는 얼마나 찰진가
노모에게 살과 쌀은 꾸준한 동어(同語)
순환하는 활발한 혈육이었으니
통렬한 모어(母語)를 따라 중얼거린다
살- 싸알- 사알- 싸아알-

뼈저린 일

허리가 나가니 못 일어난다
내가 내 몸에서 떨어진 것이다
떨어져서야 비로소 뼈의 땅을 발견했다
그 위에 물 흐르고 풍경 붙어 있어
이 땅을 딛지 않고서는
바깥으로 한 걸음도 옮길 수 없다
뼈가 사람 속의 땅이다
자세가 그대로 뼈의 바깥이었다
굽은 길을 간 것이 아니라
굽은 뼈의 땅을 걸었던 것이다
제대로 앉거나 제대로 눕거나
정말 제대로 걷도록
기울어진 나를 가르치는 선생의 땅
무너진 출구에 주저앉아 눈을 감는다
그래, 뼈가 신발이다

박쥐

박쥐에 대해 쓰다
대뜸, 바닥에 대가릴 박는다

다리 일으키기가 쉽지 않다
쳐들었다간 폭삭, 내려앉는다
순식간에 일어난 난데없는 전복,
뼈다귀들이 당황한 것이다

발이 벽을 밟고 오르는 동안
대가리는 바닥에 처박혀
사소한 치욕에 얼굴을 붉히고 있다
그러나 치욕은 어금니를 깨물 뿐
혈기를 부리진 않는다
그림자 하나 거꾸로 더듬거리며
이마에 붙는다

이렇게 가끔 몸에 으름장을 놓고
밑바닥까지 생각을 늘어뜨릴 일이다
대뜸, 바닥에 대가릴 박고
처음부터 다시
박쥐를 들여다보는 것이다

아니, 박쥐가 되는 것이다

거꾸로 서서
생각의 물방울이 맺힐 때
나는,

상큼하게 동굴을 빠져나가는 것이다

번개

홍대 앞 주점에 번개처럼 모인 아이디들
글자판처럼 딱딱하게 마주앉아 웃음을 입력한다
먼저 타잔이 구부정히 일어나 아이디를 밝힌다
아이디가 아이디를 클릭하고 스크롤바를 내린다
게시판을 날고 기는 아이디들아 반갑다
하이, 방가방가, 플라스틱 댓글들이 붙는다
그러나 천천히 겉돌기 시작하는 말들
성급했다, 우리가 고랑과 이랑처럼 앉으니
보아라, 침묵의 발아율은 어느 때보다 높다
서툴게 깎는 과일처럼 자주 끊어지는 말의 껍질들
타이핑과 다가가는 것은 이렇게 다르다
부스럭거리는 소리까지 주워 화제로 삼는다
그래, 두리번거리는 침묵이란 얼마나 큰 말썽거리인가
이런 침묵을 조립하는 일이란 정말이지 까다로워
처음 조립하는 플라스틱 완구처럼
여기저기 끼워대지만 그 모양새는 씁쓸하다
불쑥불쑥 웃는 아이디들은 서로 안다, 다 안다
침묵보다 빈 수레를 끄는 것이 차라리 낫다는 것을
모니터 밖에서는 날지 못해 머쓱해진 슈퍼맨들
아무것도 아니다 번개는 금방 사라진다
꽉 막힌 천장을 보며 호탕하게 웃던 슈퍼맨 하나
슬그머니 화장실로 들어가 와이셔츠를 벗는다

피리

이 땅을 떠도는 소리들, 몸 안이 소란하다
버스 떠난 길, 저리 멀어져 사이마저 끊기면 소리란 없
는 것을
나는 이 세계와 너무 마주쳤나
저들과 부딪치며 손바닥처럼 호응한 내 마음
콩처럼 튀는 불안들,
내 심장은 악랄한 것에 감염되었든지
무언가 뾰족한 것에 오랫동안 상심한 모양이다
내 아홉 구멍 다 막아본들
방패 들고 길길이 날뛰는 이 마음은 또 어쩌랴
방어를 위해 나 또한 날카로운 길을 택했음을 알겠다
어두운 오후를 보내며 깊이 숨을 내쉰다
길게 내쉬니 몸 어디선가 낯선 소리가 난다
어쩌면 세상이나 내 몸이나 이렇게 푸는 것인가
내 마음 속청 위에 날아올랐다 가볍게 몸 펴는 소리들
아홉 구멍 여닫으며 나를 불어보는 하루
쏜살같이 뛰어드는 뾰족한 소리
길가에는 슬쩍 비켜서며 얼마든지 자라는 풀잎들

개가 뼈를 물고 지나갈 때

누가 뼈 있는 말을 던지면
덥석, 받아 문다
너도 모르게 뛰어오르는 것이다
네 안의 주둥이는 재빠르다
말을 던진 사람은 모른다
점잖게 무너진 한 영리한 개가
제 앞에 돌아와 앉아 있는 것을
이것은 복종의 한 종류는 아니고
향후 실체를 좇아야 할 냄새의 영역
무슨 개뼈다귀 같은 소리냐 물으면
살맛 안 나는 뼈를 우물거리다
뱉지도 삼키지도 못할 짐작 앞에
껑껑대다 앞발로 귀 덮고 말 것이다
항의, 아니 짖지 않은 것은 잘한 일
꽃집에 들러 꽃을 사고
버스 타고 집으로 돌아가
밥그릇에 뼈다귀를 내려놓고
살아간다는 것을 생각함에
그것은 개가 뼈를 물고 지나가는 일
턱 괴고 엎드린 어떤 개를 쓰다듬는 일
뼈를 핥으며 깊어지는 일

승부

대 던진 자리에
물의 배꼽이 생긴다
대를 배꼽에 대고
숨죽이니 느낌이 온다
물이 웅크렸다 물러서는 것
물러서며 발톱을 꺼내는 것
물이 털을 세우는 것
결이 팽팽해지는 것
물결이 줄을 타고 있다
훌쩍 사라졌다 줄을 밟는다
대에 힘줄이 선다
휘청, 대가 휜다
물이 휜다
빠르게 대를 뽑는다
빈 대가 달을 때린다
물이 배꼽을 잡는다

선녀와 나무꾼

옷이 날개라고 믿는 누이
웬 사내 하나 집에 데려와서는
나무꾼이 옷을 숨겼대나 어쨌대나
은유로 수다 떨던 아가씨
서울 가서 사람노릇이나 잘해, 타박해도
흥! 그러거나 말거나
동네에서 담배 판매 일위다
가게 쏠아도 실하다
전화통 대고 깔깔 웃더니
빚쟁이 피해 고향집 오던 날
날벼락 오지게 맞고도 하늘 원망 없이
라일락 뒤에 숨어 울다 서울 간단다
아버지, 나오지 마세요
세 딸을 잡고 업고 꽃대 꺾인 꽃처럼
모가지 못 드는 선녀가 버스에 오른다
애가 셋이라서 누이는 그날
하늘로 못 올라갔다

그날 생각

한판 붙자고 했다, 설명 없는 말은 힘이 좋다
이를테면 '나와'라는 말, 허풍처럼 들리지 않는다
'왜'라고 묻지 말았어야 했다 그랬다면 깔끔했을 것을
그를 따라가던 '순간'은 얼마나 수동적이었나
그 기억만은 아무리 뒤바꾸려 해도 정확히 순서대로 일
어나는 것이다
그는 말하는 사람으로 나는 영원히 따라가는 사람으로 정
해진 일
다시 선택할 수 없다는 건 참을성을 기르는 데 도움이 된다
주먹에 힘이 들어가지 않는 것이다 이상하게 이글거리지
않는 것이다
사실 흔해빠진 줄거리지만 그래도 말하자면
죽사발이 되어 누웠던 운동장 그래도 다행한 일은
느리게 자막처럼 올라가던 구름들을 오랫동안 바라본 일
그래 그 정도면 나의 격투신은 아름답게 끝났으니

물으면 안 되는 것들

입이랑그거랑닮았다카던데맞아예?
아이들이 책상을 요란하게 두드리는 동안
교단에는 침묵 하나만 촛불처럼 커져 있었다
침묵의 수업은 오래가지 못했다
침묵을 첫 책으로 쓰기엔 교생은 너무 어렸다
교생은 첫 수업 첫 질문을 견디지 못했다
결국 입을 가리고 수업 밖으로 뛰쳐나갔다
아이들 모두 직사하게 얻어터졌다
체육 선생은 밀대자루를 휘두를 때마다 외쳤다
새끼들, 그게, 질문, 이 새끼, 말이면, 다, 말,
세상에는, 물으면, 안 되는,
숨이 차자 조사를 빼고 때렸다
엉덩이에 뜨끈하게 붙어 있는 책을 깔고 앉아
아이들은 숨죽여 침묵을 자습했다
물으면 안 되는 것들을 조용히 뒤적였다
그림자들만 천장에 술렁이고 있었다

꿈은 어디에서 오는가

산은 늘 먼저 어두워졌다
그 까닭에
꿈은 산사람들부터 시작하여
산을 내려왔으리라

그들은 모를 것이다
이 밤,
내 기다리는 것을
꿈에도 모를 것이다

그들의 터와
그들의 숲과
그들의 집을 지나
하얀 발목 걷으며
귀뚜라미 냇물을 건너오는 그녀를,

어둠을 바스락거리며
산을 내려오는 내 꿈을

인연(因緣)의 집

그대를 끝없이 배달하는 바람
나는 한 통의 편지를 받을 때마다
눈물을 날릴 뿐이다
이미 오래전에 세상은 그대를 감추고
바람에 날리던 그대의 긴 머리카락이
오늘도 내 기억에 부딪히는데
그대와 내가 들어선 인연의 집에 바람이 분다
그대가 분다, 사방(四方)이 황량한 사람아

그대는 가슴속에 있는 방들을 다 열어보았는가

　그대 떠난 것을 알고 미친 듯이 가슴속의 방들을 열어보았
네 공포에 질린 얼굴로 내 안의 복도를 뛰어다녔네 어떤 문
을 열면 강물이 쏟아지고 어떤 문은 낭떠러지였네 메아리마
저 떨어져 불타는 산협과 안개의 방들이 있었네 하루가 지
나면 또 하나 생기는 방(房), 자고 일어나면 다시 적응해야
하는 방. 이 방 속의 길들을 그대는 아는가, 두려운 그대는
아는가, 젖고 쓰러지고 거역하며 가는 가슴은 이토록 낯설
고 메마른 방들의 도시임을, 사람이 가슴을 떠나 살 수 없는
그 슬픈 까닭을, 이 모든 폐허를 홀로 가로질러간 그대는,
그대 가슴속에 있는 방들을 다 열어보았는가

2부

라일락 전세

라일락에 세 들어 살던 날이 있었다
살림이라곤 바람에 뒤젖히며 열리는 창문들
비 오는 날이면 훌쩍거리던 푸른 천장들
골목으로 들어온 햇살이 공중의 옆구리에 창을 내면
새는 긴 가지를 물어 구름과 집 사이에 걸었다
그렇게 새와 바람이 그린 지도를 손가락으로
가만히 따라가면 하늘이 어느덧 가까웠다
봄날 라일락꽃이 방 안에 돋으면
나는 꽃에 밀려 자꾸만 나무 위로 올라갔다
주인은 봄마다 방값을 올려달랬으나
꽃 피면 올라왔다가 꽃 지면 내려갔다
오래전부터 있어온 일, 나는 라일락 꼭대기에 앉아
골목과 지붕을 지나는 고양이나 겸연쩍게 헤아렸다
저물녘 멀리 마을버스가 들어오고 이웃들이
약국 앞 세탁소 앞 수선집 앞에서 내려 오순도순
모두 라일락 속으로 들어오면 나는 기뻤다
그때 밤하늘은 여전히 신생대였고
그 별자리에 세 들어 살던 날이 있었다
골목 안에 라일락이 있었는지
나무 안에 우리가 살았는지 가물거리는

소리의 정면

명수우물길에 사는 아낙은
소리에 이불을 덮어씌우고, 한다
그 집 창가에 꽃이 움찔거리면
어쩔 수 없이 행인은
아낙이 놓은 소리의 징검다리를
조심스럽게 건너야 한다
생각지도 않은 오후,
악다물고 움켜쥐다 그만 놓쳐버린
신음과 발소리가 딱 마주친다
아, 서로 붉어진다
소리의 정면이란 이렇게 민망한 것
먼저 지나가시라
꽃은 알몸으로 창가에 기대고
나는 발소리를 화분처럼 안고
조용히 우물길을 지나간다

상업의 내력

목련 하나에 장정 여섯이 붙었다
한번 긴 실랑이가 끝나고
목련도 담장에 기대 쉬고 있다
삽날이 뿌리 탁탁, 끊어 들어올 때도
그는 미소를 잃지 않았다
의연함은 때때로 구타로 이어진다
그를 묶고 몇몇은 억센 힘으로 줄 당기고
한둘은 돌아가며 발길질한다
후두둑 후두둑, 생니 쏟으며 앞으로 기우는
저 목련은 봄날의 약사기도 했다
해마다 그가 내민 흰 약봉지 받아가던
봄을 앓는 자들은 새로운 북카페에 앉아
유리창 갈듯 쉽게 풍경을 갈아치우는
상업의 내력에 붉은 밑줄을 그을 것이다
풍경은 대부분 환경에 먹히고
먹이사슬의 최고 단계에는 이윤이 있다
장정들이 더러운 기분으로 목련을 밟는다
봄날에 때아닌 눈사태 푹푹, 길이
끊어지고 있다

오늘의 밥값

장대비를 든 물길이 흉흉하게 몰려간다
몸집을 키운 뒤에 사람의 집부터 털고 다니는,
폭우가 순식간에 폭도로 변한 것이다
뉴스는 또 그 지겨운 환경 이야기를 꺼낸다
환경의 역습이라는 말은 얼마나 우스운가
인간이 먼저 먹어치웠으니 밥값은 치러야지
식당에서 아스팔트 지구로 나선다
내려도 갈 곳 없는 빗줄기들
관상을 보아하니 딱히 할 일도 없어 보인다
땅에 뿌리내려야 할 물의 씨앗들,
생명의 군불이 될 불씨들이
신발에 이마를 문지르다 하수구로
지구의 아득한 지하로 떨어진다
이렇게 도시에 내린 비 대부분은 대가 끊긴다
비바람이 구긴 우산, 망쳐버린 시험지처럼 들고 걷는다
지구를 한 바퀴 돌아서 다시 지구로 돌아온 저녁
나무와 나무 사이가 멀다

나비도 무겁다

가구들이 트럭에 올라앉아 몸을 맞춘다
여기저기 끼어드는 불편들이 불편하다

거울은 담에 비스듬히 기대어
처음으로 제 살던 집을 보고 있다
집도 거울을 보고 있다
난생처음 보는 몰골이 뒤숭숭하다

여자는 거울 속으로 들어가서
부지런히 무언가를 안고 나온다
아이가 거울에서 지구를 들고 나온다
방에 굴러다니던 지구는 불편했다

지구를 트럭에 실을 수는 없는 일
필요한 것은 지구가 아니라 방 두 칸
플라스틱 수거통에 지구를 버린다
지구가 지구로 낙하한다
텅, 아이는 울고, 지구는 플라스틱이었다

놀란 라일락이 꽃을 놓친다
낙하한 꽃잎 몇 장은 거울 속으로 날린다
버려진 지구 위로 거짓말처럼
나비, 난다 플라스틱 바다 가볍게 날아

적도 스치나 싶더니 순식간에 담벼락 넘어와
거울에 박힌다, 나비도 무겁다

거울과 집은 여전히 마주보고 있다
그 사이에 물끄러미 입구가 서 있다
짐이 되는 짐들은 모두 버려야 한다
아이는 여전히 거울 속에서 울고 있다

여자는 거울을
거울은 아이를 안고 트럭에 오른다
트럭이 지구에서 멀어지고 있다
해가 동쪽으로 지고 있다

가족벽화

여자는 꽃 뒤로 손톱을 넣는다
온 가족이 붙어 벽지를 찢고 뜯는다
벽에서 신나게 꽃이 떨어진다
이 꽃을 당기니 저 꽃이 일어난다
줄기 하나 잘 잡으니 넝쿨째 들린다
천장에서는 큰 꽃가지가 떨어진다
봄날, 꽃들이 발작하고
가족들 모두 환호성을 지른다
발로 꽃을 밀며 여자는 가볍게 읊조린다
이 꽃들이 다 벽에서 나온 것인가
헛것을 지웠다지만 이런 안심 또한 헛것
벽이 가만있을 리 없다
헛것을 내리자 벽은 비로소 나타난다
가족은 쉽게 평면에 갇힌다
아는가, 시대는 반드시 붓을 든다
이 세상에 빈 벽은 없다

북아현동 후기시대

봄이 오자 빈집이 움직이기 시작했다
중장비가 뒤통수를 한 방 때리자 빈집이 깨어났다
깨어나자마자 속절없이 몸이 몸을 덮쳐왔다
몸이 잔해가 될 때까지 빈집은 밟혔다
그렇게 중장비는 동네 입구부터 지우고 들어왔다
주민이라는 이름은 이주민으로 개명되고
능안길이 재개발 1구역으로 둔갑한 뒤의 일이다
주둥아리가 떨어져나간 골목은 골목 속으로 숨어들고
아, 막다른 곳으로 꺾이고 꺾이면서
다시 살아나던 골목은 얼마나 질겼던가
골목은 이제 아침신문도 받지 않는다
골목 속에 햇빛의 골목이 따로 생기던 아침도
골목 속에 달빛의 골목이 따로 생기던
저녁도 발길을 끊은 저 골목
이제 어디에서 만날까 골목길 저녁별처럼 돈던 가로등을
마을길을 꽃잎처럼 흘러가는 마을버스를
북아현동 후기시대로 기어들어가는 너덜거리는 길
입구가 없어진 줄도 모르고 빈 우체통 앞에 서 있다

굴레방다리

원화등팡호텔 옥상
장궈룽의 투신을 시작으로 시는 시작된다
바그다드로 가는 교량을 확보한 병사들은
용산지구 참사를 모르고
자살공격단은 장궈룽의 투신을 모른다
광둥성에서 전 세계로 확산되는
괴질은 나를 모르고
나는 나의 아군이 누구인지 모른다
전 세계를 도는 봄에게 아군을 물으니
제 몸에 격추된 곳 많아 확인하기 어렵다 한다
가끔 오인사격도 있다
봄과 나, 병사와 괴질, 장궈룽의 투신은
서로 모르는 사이이므로
남쪽에선 강의 항쟁이 시작되었다
검문소가 없는, 또는 있는 모든 곳에서
옥상이 있는, 옥상이 없는 많은 곳에서
장궈룽의 투신이 목격되고 있다
험하면 험한 대로 모양내며 자라날 꽃씨들
거리와 다투지 않는 것은 꽃과 아이들뿐인데
꽃을 낳을 사람들이 사라지고 있다
꽃으로 수비할 수 없는 곳은 더 많다

그늘의 가구

산동네에 버섯처럼 붙어 있는 집들
가구를 내리는 사내의 등에 그늘이 묻어 있다
그늘은 그늘에서 말려야 한다
가파른 계단 내려와 차근차근 길바닥에 나앉는 가구들
트럭에 오른 사내가 그늘진 얼굴로 돌아본다
저 웃음은 얼굴을 들추어 겨우 찾아낸 눅눅한 카드
그늘에서 사는 것들은 볕에 나가면 죽는 법
대낮에 뛰쳐나간 응달의 아내는 벽돌처럼 굳어서 돌아왔다
시월 밤이던가, 그 빈집에 가을이 들어가서는
겨울이 되도록 나오지 않았다
낮은 옥상에 새들마저 끊기고 추운 밤들이 오고
너덜거리는 나무창문 위로 달이 넘어갔다
달은 밤마다 희미한 가구를 빈방에 밀어넣었다
그러면 가구는 천천히 길어져 천장에 닿고
얇은 물체처럼 꺾여서 올라붙는 것이었다
문고리도 문짝도 없는 그늘의 가구를
자꾸 그 빈집에 올리는 까닭을 알 수 없었다
벙어리가 살 때 저 집은 벙어리로 살았으니
이제 누가 저 집의 말문을 열고 살아갈 것인가
그늘이 밀물 썰물로 들고 나는 달동네
나는 옥상에 올라 푹푹 꺼지는 그늘을 밟아본다
달의 목공소에는 밤새 불이 꺼지지 않는다

바늘의 눈물

아픈 아내가 실과 바늘을 내민다
나는 시를 멈추고 아내의 손가락에 시를 쓴다
수굿한 몸에 페인 내 날카로운 글씨들
한 자 한 자 쓸어내려 손끝에 모은다
손가락에 실을 감으며 아내의 속을 읽는다
무명베 한 필 같은 사람, 그대에게서 실을 자으며
실과 바늘의 언약을 생각하느니
우리 한 번도 떨어져 산 날 없으나
집 밖에 앉아 풀벌레처럼 울던 쓸쓸한 밤들
기쁠 때나 슬플 때나 외로울 때
아내는 바늘과 실을 내민다
우리 가난한 창밖에 눈시울 뜨거운 꽃이 피고
그 손끝에 바늘의 눈물이 맺히는 것이었다

밥줄

밥상머리에 앉아 시를 쓰다 생각하니 시는 내 마지막 밥
줄 그러면서 또 시란 산 입에 거미줄 치는 일 아닌가, 글자
로 공백을 쓰는 일 아닌가. 나는 실없이 웃는다

어느 때부턴가 손은 거미처럼 슬슬 밥상 위를 걷기 시작
했다 손가락은 가늘고 길어졌다 손가락을 펴면 다리가 나
왔다 나온 다리들이 가볍게 손등을 일으켰다 빠르게 방을
가로지른 손
허공에 밥줄을 걸고 있다

시 쓴다고 껍죽거리다 입에 풀칠이나 하겠나
아버지는 오래전에 죽었는데, 아버지는 가끔 밥상 뒤로
지나간다
밥줄에 아버지가 걸린다
나는 실없이 웃는다
아버지가 실없이 웃는다

꿈에도
무게가 있다

조무래기따개비

큰물에 양재천이 넘치면 일대는 갯벌이 되었다
물이 빠지면 망령처럼 나타나 다시 마을을 일구었다
바깥에서는 서울에 박힌 암초라고 했다
암초에 떼 지어 부착한 조무래기따개비라고 했다
양재천변에 버려졌으나 고물 주워 먹으며
개체수가 는 개뼈다귀들이라고 했다
노작지근하게 붙어먹고 사는 땅뙈기에서 그들은 그것들
로 불렸다
집중단속 기간에는 칼날이 빨판 밑으로 들어온다
뭐니 뭐니 해도 이곳에서는 종이가 가장 날카롭다
사천만 원짜리 변상금 딱지 한 장에 목이 날아간다
바깥세상에 집을 구해도 곧 압류딱지가 붙기에
떠나서도 일어날 수 없다, 다시 망령처럼 땅뙈기로 돌아
가야 한다
그렇게 포이동 266번지로 돌아온 아이는
더듬이가 자라고 눈이 어두워질 것이다
바위게 같은 아이들은 옆으로 축구공을 몰고 지나간다
한 아이가 돌아서서 불쑥, 발달한 손을 흔든다
습성은 다음 세대에 육체가 된다

도깨비시장

물구나무다리에 달이 뜨면 도깨비시장이 선다

이 도깨비들은 가끔 소란을 피우기도 한다

명태를 어깨에 걸친 성님도 말머리 치켜든 동상도 빳빳
하다

눈에 불 켠 성님도 머리 뿔난 동상도 이제는 도깨비가 다
됐다

두세 걸음 걸어가 마주선 말과 말이 샅바를 쥐고 자세를
낮춘다

이리저리 말을 움직여 상대 힘을 빼고 말의 안쪽을 파고
든다

말을 걸고넘어지면 재빨리 말을 바꾸면 그만이다

도깨비씨름에 구경꾼들 모여 누가 이기나 기다려도 다 헛
일이다

본디 흥정에 도가 튼 도깨비들은 주거니 받거니 다만 말
을 가다듬을 뿐이다

허깨비 같은 일이지만 이 세상에서는 아무것도 팔지 않고
아무것도 살 수 없다

기운 달 아래 사람들이 빗자루처럼 서 있다

조직의 쓴맛

옆길로 샌 아이들이 결국 뒷골목으로 들어가듯이
옆길로 샌 주민들은 막다른 길을 선택했다
주민 중에 누군가는 이제 막장이라고 선언했다
물러설 길 없으니 이곳만큼 유리한 고지는 없다고
골목이 밥줄이 되면서 우리는 점점 강해진다고, 믿었다
그렇게 형제가 됐지만 우리도 우리가 막막했다
터느냐 털리느냐, 그것이 문제였다
그러나 모든 두려움은 살길을 먼저 설계한다
때문에 구조적으로 나약하다
제국은 보이지 않는 손을 가졌다
그 손이 이리저리 유영하며 슬쩍 촌지를 찔러넣을 때
슬그머니 떨어져나가던 북아현동 축대들, 골목들
조명이 켜지면 밤길이 시작되고
뒷골목에 주민은 쥐 죽은 듯 기다린다
그러나 아무도 들어오지 않는다
캄캄한 길바닥에 밥그릇 같은 빛을 내려놓는 방범등
뒷골목엔 우리만 독버섯처럼 쓸쓸히 서 있었다

택시

내가
행복했던 곳으로 가주세요

권력의 이동

나는 새도 떨어뜨린다는 것이 옛말이 아니다
권력이 이동하자 텃새들이 떨어지기 시작했다
거개가 빗나간 새나 반대로 나는 새들이다, 살아남은 새
들은 온라인으로 들어갔다
시류를 읽은 철새들이 움직이고 방향을 잡지 못한 풍향계
가 이리저리 머리를 튼다
사내는 중얼거린다, 한때 남산으로 잡혀간 새들이 있었지
부리에 청테이프 칭칭 감기던 그 시절에는 그래, 낭만이
라도 있었지
나는 새도 떨어지고 생활비도 떨어진 날들
광화문의 함성이 배경음으로 깔린 옥상에 앉아 사내는 딱
딱한 운동화를 벗는다
갈 곳 없는 자에게 옥상은 실외에 있는 실내,
웅장한 극장은 하루 종일 똑같은 영상을 돌리고 있다
마른걸레처럼 굳은 희망의 사체를 들어 스윽 화면을 닦
아본다
먹고사는 일이 짐이 되면 사람의 집 곁에 그늘의 집이 한
채 더 생기기 마련이다
피도 눈물도 없이 검게 말라붙어 생활의 이주 편을 보던
사내 까무룩 잠들고
그의 아내는 땅거미 속에 브래지어를 널며 힐끗 배역 없
는 가장을 살핀다
붉은 빨랫줄이 물 빠진 가슴을 내려다보고 있다

오래된 귀가

월요일이 공구통 같은 마을버스 흔들며 떠날 때
취한 사내 하나 술병처럼 사람들에 부딪쳐 넘어진다
정류소 표지판을 잡고 삐뚤어진 그림자 일으켜도
사내의 월요일은 쉽게 집으로 돌아가지 못할 것이다
서른 이후 생활이 둥글게 깎이지 않는다고
생밤에 난 칼자국을 문지르며 후배는 말했다
월요일을 잃은 세탁소의 옷들
자정까지 월요일을 기다리다 그는 셔터를 내릴 것이다
그 길에서 그대들, 앞서가는 과거를 보았다면
혹은 그대 뒤쳐져 오는 미래를 보았다면
슬픔을 씨앗처럼 붓대에 숨기고 돌아가 쓸 것이다
천천히 열린 문이 벽을 짚고 멈출 때 문득
가장 쓸쓸한 것은 집으로 가는 길

천 개의 빈집

바람은 북아현동에서 천 개로 갈라진다
달동네 주민이 뚫어놓은 천 갈래 샛길 때문이다
북아현동은 서울에 달린 거대한 벌통
아침마다 일제히 집을 떠난 사내들이 다리 사이에
찐득한 푼돈을 뭉쳐 붕붕거리며 힘차게 돌아오고
아이들은 방 안에서 아름답게 날아다녔다
우리는 열심히 살았다 그러나 과거는 딱딱한 벽을 가지
고 있다
한번 과거로 들어간 삶은 다시는 벗어날 길이 없다
살려고 벌침을 놓은 주민은 곧 바닥에 떨어졌다
북아현동에는 천 개의 빈집이 있다
나는 천 개의 비문을 하나씩 읽어나간다
천 개의 지붕 위로 천 개의 달이 지고 천 개의 해가 떨어
진다
천 개의 낮과 밤이 생겼다가 무너져내린다
천 개의 하루가 하루아침에 사라지고 천 개의 아름다운
도착이
소리도 없이 사라졌다 천 개의 바닥이 무너졌기 때문이다
이웃은 소식을 끊은 지 오래 누구도 이곳을 즐기지 못한다
가슴을 천 갈래로 찢어놓았기 때문이다
한때 누구보다 이 골목을 잘 알던 개와 고양이
그림자도 얼씬하지 못한다 다리 달린 것들은 모두 쫓겨
났다

까치와 라일락과 천 개의 구름, 날개 있는 것들은 모두 쫓
겨났다
어둠에 휩싸인 언덕이 순한 가축처럼 엎드린다
중장비가 그 언덕머리를 베어낸다
모가지를 단칼에 날리지 않고 천 번을 내리친다
천 개의 관이 비탈길에 열려 있다

미개한 문명

가을비다
우리 모두 실의에 빠지자
얼마나 한심한가
희망을 설득하는 짓이란
우리가 이룩한 문명이란
얼마나 미개한가
그의 후원을 믿지 않으니
벌레처럼 기어가
나는 종교를 바꾼다
지금은 희망으로부터 대피할 때
마음 놓고 수심에 잠길 때
결국 절망이 우리를 살릴 것이다
통곡이 나타나 구원할 것이다
이 고약한 반전을
나는 믿는다

그림자들

누구나 빈집 한 채 가지고 산다
빈집에 들어가 누워 나오지 않으면
그때 그것을 죽었다고 쓴다
저 집을 빠져나간 산 육체는 없다
아니 살아서는 절대 못 나가는 집이다
토막 나면 토막 난 집에 담기고
부서지면 부서진 집에 담긴다
끔찍한 미학은 여기서 그치지 않는다
저 집을 빠져나가는 길은 단 두 가지
눈물이 되거나 핏물이 되는 것
네가 그렇게 조금 더 살아보고 싶다면
이제는 차라리 슬픔을 응원하라
흔들어봐야 죽은 닭대가리 같은 믿음 아닌가
한 개비 담배만도 못한 안심 아닌가
재가 되거나 연기가 되거나
이제는 차라리 증발을 자초하라
한때 지조 없는 철새길 바랐으나
비둘기처럼 멀리 날지 않는 그림자들
잡히지도 않는, 한 걸음 나가면
한 걸음 들어오는 움직이는 빈집
모든 바깥이 끌려 들어가는
캄캄한 안쪽

3부

내부의 적

나 오래전 희망에 등 돌렸네
희망은 내 등에 비수를 꽂았네
그러나 그에겐 아무런 잘못이 없네
누구도 거들떠보지 않는 비극을
처음부터 끝까지 그만이 지켜봐주었네
언젠가 내가 천천히 무대 끝에 섰을 때
그가 내밀던 따뜻한 거짓말이 없었다면
내 삶은 일찌감치 독백과 함께 퇴장했으리
모든 결심의 든든한 우방이자 배후였네
그러면서 무대 뒤로는 슬픔을 불러들였네
어렴풋이 희망이 적이 되리란 걸 알았으나
어쩌겠나, 그 앞에서 개처럼 꼬리 치던 계획들
나 희망과 너무 가까웠네
죽일 수도 없었네, 희망은 그냥 사라지는 것
시체가 아니라 실체가 없었네
어리석고 친절했던 내 삶을 미워하지 않으리
그에겐 아무런 잘못이 없네
희망은 손뼉을 받으며 희망으로 돌아가네
나는 나에게서 사라지네

유랑의 풍습

전생에서 내 가져온 재물인가
슬픔에게 바치는 서글픈 뇌물인가
한숨이여, 기억이 남긴 몹쓸 유산이여
무너진 흙더미 같구나, 내 불쌍한 행복아
내 생을 출발시킨 무관심한 봄은
어디로 갔는가, 가벼운 협박처럼 나를 쫓는
햇살 피해 나 울적한 그늘에 앉았네
가을은 계급장 떨어진 보병 같은 나무를
내 앞에 세워두고 또 가버리고
동의하지 않은 이 유랑에 대해
초췌한 철학은 한 번도 설명하지 못했네
나 공연히 일어나 이생으로 넘어왔네
나는 왜 나에게 죽음을 전수했는가

무거운 숟가락

밥그릇에 누가 숟가락 하나 더 얹는다
그림자다, 내가 부양하는 묵묵한 식구
검은 거죽만 남은 나의 장자(長子), 서글픈 첫 새끼
아니 어쩌면 내 얼굴로 복면하고 살아가는
어떤 늙은 아이, 밥 한술 떠먹이면
그도 내게 밥 한술 먹인다
혼자 먹는 밥상은 기실 또렷한 겸상
봄날 들썩거리는 유채꽃밭처럼 웃다가
운다, 입 다물고 울다가 입 다물고 웃는다
그러면 눈물도 웃음도 한집에 들어가
그냥 그렇고 그런 또 한 세월 사는 것이다
숟가락을 놓는다, 가만히 손길을 거두는
검은, 참을 수 없이 무거운 숟가락
우리 사이에는 타협할 수 없는 절망이
단번에 건너뛸 수 없는 여러 번의 생이
서로를 파고드는 어두운 뿌리가

물의 가족

발목을 넣자 강이 입을 벌렸다
급히 발을 거두고 이승으로 물러앉았다
저 물은 분명 식욕을 가졌다
손바닥으로 강을 쓸면
어김없이 손가락에 걸려나오는 머리카락들
거기 물의 가족*이 살고 있었다
강이 입양한 아이를 키우려 여자를 불러들이고
여자는 한 사내를 집으로 끌어들였으리라
물의 본적을 가진 사람들은
언젠가는 물로 돌아가 살게 된다
손바닥으로 물 한 줌 떠올리면
그것은 발자국처럼 몸을 걸어다녔다
강에 귀를 담그면 누군가가 빗질하는 소리
천천히 오래도록 내리는 빗질
내 머리 한쪽 곱게 빗겨져 있었다

* 마루야마 겐지에게서 빌림.

가축의 정신

소 팔아 상경한 아비가 소처럼 일하고 돌아온 저녁
그림자가 뒤로 천천히 길어지더니 무거운 쟁기처럼 땅에
박히었다
앞장선 아비를 따라 우리는 여물통 같은 한강에 입을 처
박았다
그곳에서 송아지들을 내려다보며 아비는 말했다
공부 열심히 하거라 너희는 커서 소가 되면 안 된다
그 한마디에 마음이 모였다가 돌멩이 맞은 듯 퍼져나갔다
쓸쓸한 마음이 몸을 부비면 가슴이 시리다는 것을 알았다
한 입 뜯으면 강은 또 묵묵히 우리 입 앞에 여물을 채워
놓았다
시린 네 개의 무릎을 가슴 안에 끌어 넣어 데우던 아비
의 밤
아비는 가축의 정신으로 우리 가족을 먹여 살렸으니
이제쯤 아비는 인간의 국경으로 들어갔으리라
코뚜레를 벗고 어느 전생의 저녁에 대하여 쓰는 밤
아비가 죽을 때까지 나는 정체를 들키지 않았다

홍시

웅아, 아버지 돌아가셨다
기차가 고향역 들어설 때 누이는 연하고 붉은 말을 전했네
얼마나 어루만졌을까 물렁물렁한 한마디
식구들 돌아가며 볼 비빈 따뜻하고 반질한 말
받쳐든 손끝이 먼저 우는지 가늘게 떨렸네
우리 다 함께 살던 옛집 창호에 놀처럼 가라앉는 말
혀를 빼고 의자에 박혀 있다가 보았네
식구(食口)들 둘러앉아 꾸역꾸역 먹어치워야 할,
열리면서 익어버리는 부음의 열매
오로지 하늘 무너지는 순간 벼락처럼 열렸다가
우리가 발음하기 전에 이미 잠들어 있는 말 잠들었어도
어쩌자고 불씨처럼 안고 다니는 그 말

세상의 모든 새는 헛소문이다

검은 공중에 잠긴 사발처럼 초승달이 떠 있다

저것인가, 지상에 남은 마지막 빛이
그마저도 곧 가라앉을 것이다

그는 식빵 조각 뜯어버리듯 단념을 한 조각씩 떨어뜨리며
밤을 걷는다 가지를 꺾는 짓도 그만두었다
밤길에 잠복한 것은 어둠만이 아니다

바닥을 문지르며 뒤따르는 스산한 실패들, 그가 남긴 흔
적마저 먹어치운다
빠져나가는 길이 빠져드는 길로 이어진 닫힌 땅, 사는 게
늘 그랬지
외로워서 몸부림치다가 옷깃을 잡는 외로움마저 외롭게
떨어뜨리고 침통한 얼굴로 두 발을 내려다보는 일

때로는 공중에 떠서 서늘하게 떨어지는 길, 벼랑에서 죽
은 길들은 구름이 된다
그는 구름을 어떤 혼들의 정원이라 믿는 편이다

가끔 구름 속에서 새가 부스럭거리는 소리를 들었다
허나 세상에 날아다닐 수 있는 육신 따위란 있을 리 없다
세상의 모든 새는 헛소문이다

역전의 용사를 위하여

태어나 죽을 때까지 한 번도 웃지 않은 당신 참 개구리처럼 살았네 구불구불 길기도 긴 세상 뱀처럼 당신 곁을 다 지나갔네 언젠가 울음으로 우리를 인솔하고 울음으로 길을 내고 울음으로 기어코 울음을 내쫓던 당신, 뒷다리로 힘껏 울음을 뛰어넘던 그 쟁쟁한 각오, 그래, 울음에 빠지지 말고 울려면 우렁차게 울어라 태어나서 죽을 때까지 한 번도 울음을 피하지 않았던, 당신은 정말 용감한 개구리였네 오늘 울음주머니 다 비우셨네 누가 하나 먼저 울면 우리는 앞다리 뒷다리를 바닥에 붙이고 일제히 울음을 비우네

달의 통로

개한테는 개줄이 미로인 것이다
라일락나무에 개를 묶고 나는 개줄 바깥에 앉아
어린 개가 미로 속을 도는 것을 보았다
길지 않았다, 하루가 지나자 개는 미로에 갇힌 것을 알
았다
길들여진 개는 밥그릇과 나무를 오가며
제게 주어진 길을 걸었다
그 개가 딱 한 번 미로를 빠져나온 적이 있다
목줄 풀린 개들은 왜 하나같이 쥐약을 먹고 돌아올까요?
힘껏, 힘껏 달리면 죽음을 추월할 수 있을까요?
나는 봉당에 서서 발만 동동 굴리고
지팡이를 따라 돌리며 외할머니는 통로를 읽고 있었다
눈깔 뒤집힌 흰둥이 자꾸자꾸 돌던 옛집 마당
개줄을 개 끌듯이 끌고 한바탕 달린 뒤
개줄 바깥에 드러누워 흰둥이는 마지막 오줌을 길게 길
게 누었다
건넛산 나무숲에 달이 하나 생겼다

가위

저기, 어무이가 물려 간다
돌담 뒤로 사라지는 꼬리를 따라 사립문을 나선다
수습되지 않는 정신머리가 무슨 허연 무명천처럼 자꾸 풀려나와
하마 발길이 어딘가에 감긴 듯 몇 번이나 넘어지고
내 다리가 와 이라노, 와 이라노 다리 주무르고 다시 추켜 올려 쫓는 듯 쫓기는 듯
아무리 내디뎌도 낮잠에서 나가지 못한다
바람에 긴 대나무들이 가랑이 들고 허공을 걸어가는데 어무이, 어무이요,
나는 문짝을 더듬어 간신, 간신히 눈 뜨고 대청에 앉아 하루 종일 늙어간다

올가미

칠월 정원에 조롱박이 열리는 집
아궁이에 불을 넣은 주인이 올가미를 만든다
빈 그릇으로 톡톡 바닥을 두드려도
누렁이는 개집 안에 돌부처처럼 앉아 나오지 않았다
혓소리를 내던 주인은 금세 거칠어졌다
(범인이 인질극을 벌이는 것처럼 보였다)
집행은 수돗가에서 이루어졌다 처마에 밧줄을 걸자
뒷다리로 버티던 어떤 안간힘이 공중으로 들렸다
목매달린 개는 피가 거꾸로 솟는다 그래서 모가지를 딴다
수돗가에 달린 그 조롱박이 뒤척일 때마다
말간 하늘이 개밥그릇처럼 덜그럭거렸다
얼굴이 생긴 올가미 하나 질기게 흔들리고 있었다
애써 눈길을 돌렸으나 다 보였다, 어쩌면 그날
내게 죽음을 보는 곁눈이 생겼는지 모른다
공중에 서서 내려다보던 곁눈이 감기고 있었다
그것으로 끝이었다 정성스럽게 털을 닦아내자
누렁이는 반들반들한 조롱박이 되었다
솥에서 나온 올가미는 얼굴을 잃고 시무룩하게 식어갔다
거기 목을 넣고 하늘 저쪽으로 흘러간 내 유년
생각난다, 우리는 꼬리 흔들며 여물어가고
조롱박 낯빛은 새파랗게 익어가던 그해 여름

뒷심

십 년이나 소식 없다
술 마시면 개가 되던 노식이
동래시장 파전골목에 들어서면
꼬리부터 흔들었다
단숨에 술병 비우고 빠르게 개로 바뀌어
신발짝도 팽개치고 시장바닥 뛰어다녔다
당치않게도,
하룻강아지 시절에 그가 시를 썼다
뒷심 있는 시를 써야 해 -
말끝에 꼬리 슬쩍 들었다 놓는데
문득, 개폼 잡는 그가 좋았다
술상에 턱 괴고 생각한다
술 마시면 개가 되던 노식이
개똥밭에 굴러도 이승이 좋다는데
십 년이나 소식 없다
뒷심이 좋다

죄인들

한증막에 앉을 자리가 없다
밖에서 차례 기다리며 사내들의 실내를 바라본다

의자에 묶여 주리 틀리는 죄인들
손바닥으로 천천히 얼굴을 감싸고 있다
저지른 잘못은 대부분 입이 없어진다 아니
입이 백 개라도 할 말이 없는 것이다
사내들은 붉어진 낯을 들지 못하고 숨만 토할 뿐
또한 허물은 투명하여 언뜻 보이지 않으니
몸을 씻으러 올 때마다 저 실내로 들어가는 것이다
고온을 견디지 못한 죄가
몸보다 먼저 일어나 등을 보일 때
육신을 빠져나가는 잘못의 수를 세어보는 것이다

물장구치는 아이도 자라면 죄인이 될까
언젠가는 속죄의 문을 드나들까

사내 하나,
의자에서 끌어내린 몸을 물에 빠뜨린다
팔이 죽은 갈치처럼 흘러다니는, 욕탕

춤추는 할머니

할머니가 한길에서 춤추고 있다
왼팔 오른발 물에 오른 문어처럼 꾸물거린다
먹물 머금고 한길이 웃는지 우는지
앰뷸런스가 떠나자, 새떼처럼 모였다가
재빨리 날아가버리는 구경꾼들
안쓰러움이란 소주잔처럼 쉽게 채워지고 비워지는 법
길은 잠깐 멈추었던 필름을 돌리고
현장은 술기운을 이기듯 더디게 일어난다
그 자리에 돌아와 죽은 춤을 일으켜세우는지
살 맞은 흰 천을 던지는지
거짓말처럼 하얀 눈 내리고
행인은 중얼거리며 할머니를 밟고 간다
고작 이 길바닥이 마지막 무대라니
실오라기만 남아 춤추고 있다
스프레이로 그려놓은 할머니

합성사진

죽은 뒤에도 그는 출근한다
출근하는 버릇은 죽어서도 고쳐지지 않는다

나쁜 버릇인 줄 알지만 어쩔 수 없다 요람에서 무덤까지
모두 직장인 세상 아닌가

자고 일어나면 언제 떨어졌는지 모가지가 안 보인다
수조 속 더듬듯 몸속에 손을 넣는다 건져올린 목을 정교
하게 만져 붙인 뒤 옷깃을 세운다 넥타이로 목을 천천히 조
르며 그는 중얼거린다
모가지가 달아나기 전에 출근해야 한다

봄이 정교하게 꽃에 붙어 있다
우리는 결국 우울한 교훈을 저런 데서 얻을 것이다

겨울 동안 훌쩍 키가 자란 아이들, 더 어엿해졌다
직장에 들어가기 위해 학교 버스를 기다리는 해바라기들
아이들은 태양만 믿고 태양만 따를 것이다
향할 것이다

삶은, 태양은 속절없이 아름다운 직장
직장은 땅에서 떠오르고 물에서 솟아오른다
동쪽에서 떠올라 서쪽으로 진다

직장을 보면 늘 눈앞이 캄캄했다

보여주지 않는 빛, 차라리 장엄한 어둠, 밝혀지지 않은 모든 어둠의 온상

직장만 바라보고 살던 이들은 모두 눈이 어두워졌다

자유로에는 버스가 구름보다 천천히 간다

지겨운 정체들, 죽어도 막히더니 죽어서도 막힌다, 죽으나 사나 막히니 참 기막힌 현실이다

자동차 하나에 한 사람씩 들어 있다

긴 무덤의 행렬이 간신히, 간신히 직장 쪽으로 움직인다

문

누가, 밖에서 벨을 누르고 나를 불러주면 좋겠네
이곳은 너무 어두워
이 얼굴 밖으로 나가고 싶어
한밤에 집 밖에서 누가 네 이름을 부르거든
세 번 부를 때까지 절대 나가선 안 된다
식구는 지엄한 얼굴로 당부하곤 했어
자다 일어나 기차로 빨려들어간 마을 여자는
차라리, 나를 설레게 하는 거야
얼마나 튼튼한 미신인지
발목에 족쇄 마냥 걸린 그림자를 끌며 다니는
이곳은 너무 추-워
누군가에게 탯줄을 빼앗길 때부터
나는 이미 승천의 동아줄을 끊긴 거야
싹뚝.

이곳은 너무 어두워

누가,
내 목숨 밖에서
나의 이름을 불러주면
얼른 일어나 뛰어나가겠네
단숨에 그림자를 끊는
새들의 비상처럼

힘차게
화려하게

나쁜 삶

1
잉어를 풀 때 연못에 관상이 생기는 것을 보았다
저 피가 도는 한 연못은 한 마리 가축으로 살아가리라

2
연못은 서두르지 않고 잉어를 먹었다
입가에 혈흔이 묻어 있었지만
하늘을 우러러 한 점 부끄러움 없었다

3
소년들이 장난삼아 사과를 던졌다
며칠이 지나도록 연못은 그것을 소화하지 않았다
피맛을 본 연못은 더는 채식을 하지 않았다
불능의 빵이 식탁 아래 떨어져 있다

4
연못은 틈틈이 고기를 먹었다
조심스레 다가가 연못의 관상을 살폈다
연못이 우리를 주목했다
쟁반 위에 얼굴들이 얹힌 것을 보았다
우리는 모든 살아 있는 것들을 괴로워했다

* 윤동주에게서 빌림.

유령

주머니에서 낯선 라이터가 나온다
도구의 발생지는 주점이다
내가 끊긴 필름을 잇고 있을 때
라이터는 도구가 아니라 장소다
엄지손가락이 기억의 부싯돌을 돌린다
켠다, 그러나 불씨는 한 장면만 비춘다
생각이 구두를 신고 일어났다가
어렴풋한 곳으로 들어가서 나오지 않는다
점화된 기억이 담배에 옮겨붙어
모락모락 올라오다 부옇게 사라진다
벽과 문이 뒤섞인 나의 흐린 극장은
너무 멀리에서 나를 만들고 다가가 더듬으면
나는 일찍이 연유 없이 몸을 숨겼다
어느 날 얼굴 앞에 라이터를 켠다
너는 어디에서 왔는가

어느 날 환생을 계약하다

감자들이 눈을 떴다
한동안 낌새만 살피더니 슬그머니 줄기를 올린다
저들은 원래 강한 씨족이었다
대대로 땅에서 굴러먹은 터
웬만해서는 생의 기초가 무너지지 않는다
숨어서 꾸려가는 집안일에도 이골이 났다
고운 어둠은 새살림을 시작하기에 좋다
집구석에 방치한 상자에 한 집안이 생기는 것이다
기울어진 일가를 일으키는
저들의 방식은 대단히 정교하다
우발적인 일이 아니라 겨울을 나면서 계약한 일
감자들은 머리 맞대고 치밀하게 꾸민 것이다
누구는 상처 묵혀 진물을 내고
밑바닥에 깔린 식구는 몸을 삭혀 스스로 흙이 된다
죽어 사라지는 것이 아니라 제 목숨을 전달하는 것
그렇게 다시 인연을 맺는 것이다
물렁물렁한 얼굴 위로 올라오는 저 싹수들
나는 집을 뒤지던 손을 거두고 공손히 물러난다
단정히 앉아 옷만 남기고 꺼져가는 자들의 환생
살아서 죽음에 눈뜬 자들의 안색이 밝다

나를 스치는 자

나는 문 없는 자
나는 주소 없는 자
나는 탯줄 없는 자

나는 꽃잎 없고
줄기 없고 그늘 없는 자

나는 이름 없고
묘비 없고 증거 없는 자

나는 기척 없고
공간 없고 내가 꿈인 자

나는
나를 스치는 자

견딤의 궤적, 혹은 무늬

정병근(시인)

박지웅의 시는 '견딤의 시학'이라 할 만하다. 그냥 견디는 것이 아니라 응시하는 견딤, 각성하는 견딤이다. 시인은 이 견딤의 매장량에 박힌 시를 하나하나 캐낸다. 향유할 수 없으므로, 견딤은 고통을 수반한다. 겪는 몸과 지켜보는 눈의 고통이 새기는 무늬가 그의 시의 지층을 빽빽이 채우고 있다. 시인은 숙명적으로 빈한한 쪽에 서서, 풍요와 과잉의 그늘에 깃든 모든 상실을 보듬고자 한다. 시인은 세상의 '고단한 짐'을 대신 짊어진 대역자(代役者)이고, 그들의 말을 대신 전하는 대변자이다. 시인은 한없이 순정하고 염결한 자세로 그들의 삶에 골고루 깃들기를 소원한다. '우주'와 '모래'의 눈으로 세상을 응시하면서, 그들의 아픔을 어루만지고 감싸 안는 예언자의 모습으로 현신한다. 그의 시는 이기(利己)를 추구하지 않는 대신 끊임없이, 끈질기게 이타(利他)에 복무한다. '나의 상실'이 아니라 '그들의 상실'에 바치는 간절한 기도문 같은 것. 시인의 견딤은 '나'와 타자의 모든 쓰라린 국면을 껴안는 전폭적인 견딤으로 나아간다. 그리하여 일상에서 인생으로, 인생에서 문명으로, 문명에서 전 지구적 고독으로 그 은유를 확장한다.

박지웅 시의 미학은, 피상적이고 산만한 현실의 외부를 들쑤시지 않고 오로지 시의 내부에 몰두함으로써 얻어지는

---

* 인용한 시의 중요한 부분이나, 아름다운 표현에 밑줄을 긋는다. 글의 이해를 돕고, 시적 표현의 미학을 상기하기 위한 나름의 노력임을 밝혀둔다.

감동이 구축하는 세계이다. 충분히 매진된 사유와 들뜨지 않는 언술로, 무심하게 지나가는 시간을 포착하고 그 면모를 섬세하게 그려낸다. 그것은 아프거나, 쓸쓸하거나, 아름답다. 시인은 잠언과 예언의 유혹을 단호히 뿌리친다. '나의 이야기'를 통해 '그들의 말'을 전할 뿐. 시인은, 응시와 견딤과 궁리의 시간을 통해 말의 우후죽순을 보듬고 빛나는 표현의 구슬을 꿴다. 직관과 통찰이 '발견'한 시를, 시인은 다시 표현으로 '발명'한다. 세상에 하나뿐인, 생각이 잘 갈무리된 시는 그래서 아름답다. 잘 가라앉아 있으면서 사금파리처럼 빛난다.

빛난다 시는

시보다 해설을 먼저 읽는 사람도 있다. 해설을 읽되 앞부분만 슬쩍 읽고 마는 사람도 있다. 물론 나 같은 사람이다. 시집에 실린 시들 중에 비교적 짧으면서도 아름답다고 생각되는 시 두어 편을 우선 앞에 옮겨 적는 이유이다. 시는 해설(평론)이라는 글의 흐름과는 무관한 본성으로 아름답다.

나비는 꽃이 쓴 글씨
꽃이 꽃에게 보내는 쪽지
나풀나풀 떨어지는 듯 떠오르는

아슬한 탈선의 필적
　저 활자는 단 한 줄인데
　나는 번번이 놓쳐버려
　처음부터 읽고 다시 읽고
　나비를 정독하다, 문득
　문법 밖에서 율동하는 필체
　나비는 아름다운 비문임을 깨닫는다
　울퉁불퉁하게 때로는 결 없이
　다듬다가 공중에서 지워지는 글씨
　나비를 천천히 펴서 읽고 접을 때
　수줍게 돋는 푸른 동사들
　나비는 꽃이 읽는 글씨
　육필의 경치를 기웃거릴 때
　바람이 훔쳐가는 글씨

　　　　　　　　　　—「나비를 읽는 법」전문

　시인은 나비를 글씨로, 비행하는 나비의 궤적을 하나의
문장으로 읽는다. (읽으려 한다.) 그것을 읽어내는 일은 그
러나 쉽지 않다. 나비의 행로는 불예측, 불가측이며 사방팔
방이기 때문이다. 인간의 짐작을 벗어나는 곳에 나비의 길
이 있다. 그것을 읽는 것은 난독(亂讀)이고, 난독(難讀)이
다. 그럼에도 시인은 끝까지 읽는 것을 포기하지 않는다. 그
끈질김으로 시인은 마침내, 이 "아슬한 탈선의 필적"은 "문

법 밖에서 율동하는 필체"이며, 따라서 "나비는 아름다운 비문"이라는 표현을 발명한다. 예측 가능한 아름다움은 과학의 영역이다. 나비가 가는 길은 되짚어올 수 없는 단 한 번의 길이므로 결코 활자화할 수 없는 "육필의 경치"이고, 끝내는 사라지는, "바람이 훔쳐가는 글씨"인 것. 예술은, 시는, 이 단 한 번의 길에 바쳐지는 수고로움이다. 되돌아갈 수 없을 때 아름다움은 더욱 빛난다. 아름다움은 예측할 수 없는 지점에서 살짝살짝 비치다가 사라진다. 시인은 안간힘으로, 그것을 붙잡아, 세상에 하나뿐인 '나비'를 우리 앞에 내놓는다.

    명수우물길에 사는 아낙은
    소리에 이불을 덮어씌우고, 한다
    그 집 창가에 꽃이 움찔거리면
    어쩔 수 없이 행인은
    아낙이 놓은 소리의 징검다리를
    조심스럽게 건너야 한다
    생각지도 않은 오후,
    악다물고 움켜쥐다 그만 놓쳐버린
    신음과 발소리가 딱 마주친다
    아, 서로 붉어진다
    소리의 정면이란 이렇게 민망한 것
    먼저 지나가시라

꽃은 알몸으로 창가에 기대고
　　　나는 발소리를 화분처럼 안고
　　　조용히 우물길을 지나간다
　　　　　　　　　　　　—「소리의 정면」 전문

  아, 무슨 말을 덧대랴. "소리의 정면"이라는 말. 의도하지
않은 소리는 때때로 의도하지 않게 들킨다. 이미 들어버린
소리를 어쩌겠나. 그러나 "신음과 발소리가 딱 마주"칠 때,
두 소리는 벌거벗은 진공의 순간을 맞는다. 헛기침도 이상하
다. 말은 더 이상하다. "아, 서로 붉어진다/ 소리의 정면이란
이렇게 민망한 것"이다. 시인은 이 민망한 상황을 "그 집 창
가에 꽃"을 방패삼아 슬쩍 벗어난다. "신음"을 같이 들은 죄
로 꽃은 또 덩달아 자신의 잘못인 양 공손하게 행인을 배웅
한다. "신음"의 주인을 배려하려는 시인의 마음에 슬며시 웃
음이 나온다. 꽃에게 그 역할을 맡긴 것은 시인의 기술인가.

　　　아픈 아내가 실과 바늘을 내민다
　　　나는 시를 멈추고 아내의 손가락에 시를 쓴다
　　　수굿한 몸에 꿰인 내 날카로운 글씨들
　　　한 자 한 자 쓸어내려 손끝에 모은다
　　　손가락에 실을 감으며 아내의 속을 읽는다
　　　무명베 한 필 같은 사람, 그대에게서 실을 자으며
　　　실과 바늘의 언약을 생각하느니

우리 한 번도 떨어져 산 날 없으나
집 밖에 앉아 풀벌레처럼 울던 쓸쓸한 밤들
기쁠 때나 슬플 때나 외로울 때
아내는 바늘과 실을 내민다
우리 가난한 창밖에 눈시울 뜨거운 꽃이 피고
그 손끝에 바늘의 눈물이 맺히는 것이었다

—「바늘의 눈물」 전문

어쩌면 이렇게 짠한지 모르겠다. 손을 따는 것은 체했거나
체했다고 느낄 때 행하는 민간처방이다. 지금도 간혹 손을
따는 사람들이 있다. 그 행위와 절차가 유독 간곡하게 다가
오는 것은 "아내" 때문이다. "아픈 아내가 실과 바늘을 내민
다". 아내의 '아픔'은 무엇일까. '체한 아내'가 아니라 "아픈
아내"에 주목한다면, 그 아픔은 단순한 체함이 아님을 알아
챌 수 있다. "집 밖에 앉아 풀벌레처럼 울던 쓸쓸한 밤들"이
아픔의 곡절이고 그것은 대개 가난과 관련된 항목들일 것이
다. "기쁠 때나 슬플 때나 외로울 때"라고 시인은 말하지만,
"기쁠 때"조차 "쓸쓸한 밤들"의 배경을 떠날 수 없다. 큰 눈
물로는 세상의 다채로운 아픔들을 감당하지 못한다. 사소하
지만 따끔한 "바늘의 눈물"은 때때로 세상을 견디는 오뚝한
처방이 된다. 생피가 송글송글 맺히는. 이 지극한 행위는 마
치 종교적 제의와도 닮은 데가 있다. (할머니는 나의 등과
팔을 쓸어내리면서 끊임없이 트림을 하셨다. 그리고 손가락

에 실을 감으면서 주문을 외우셨다. 나의 아픔에 닿고자 하
는 할머니의 간절한 기도였음을 나중에야 알았다.) 나는,
"바늘의 눈물" 같은 시인의 시를 딴다.

견디는 몸

그의 시에는 순정한 유전자의 피가 흐른다. 애써 순해지
려는 마음도 마음이지만, 그보다는 순할 수밖에 없는 천성
이 훨씬 많이 쟁여져 있는 듯하다. 시인의 천성은 "가축의
정신"으로 "가족을 먹여 살"린 "아비"에게서 내림받은 것
이다. 이 초식의 피를 시인은 짐짓 거부해 보이지만, 거부한
다고 피가 바뀔 수는 없을 터이다. "코뚜레를 벗고 어느 전
생의 저녁에 대하여 쓰는 밤/ 아비가 죽을 때까지 나는 정체
를 들키지 않았다"(「가축의 정신」).

그는 또, '때리는 자'가 아니라 '맞는 자'이다. "그는 말하
는 사람으로 나는 영원히 따라가는 사람으로 정해진 일/ 다
시 선택할 수 없다는 건 참을성을 기르는 데 도움이 된다/ 주
먹에 힘이 들어가지 않는 것이다 이상하게 이글거리지 않는
것이다"(「그날 생각」). 왜 그럴까, 왜 그렇게 생각할까……
이 물음의 행로에 시인의 시들이 촘촘히 놓여 있다. 어쩌면
이 물음은, 시인의 시를 이해하는 단초이자 시적 태도를 상
정하는 한 출발점이지 싶다. 시인의 이러한 태도는 단순한

전투력 상실이나 굴종의 자세와는 다른 것이어서, 입술에 피를 물고도 끝내 발설, 혹은 전향을 '사양'하는 지극한 견딤의 경지에 다다른다. 이 견딤은 '폭력 대 비폭력' 같은 저항의 한 방식이라기보다 폭력의 근원까지 껴안(으려)는 전폭적인 견딤이다. 발설하거나 전향하는 순간, 시와 시인은 존재하지 않는다. 시인의 시는 이 견딤이 던지는 간절한 물음이다. 시가 답일 수는 없다. 시는 답이기 이전에 물음이어야 하고, 그 물음이 곧 답이기 때문이다. "나는 왜 나에게 죽음을 전수했는가"(「유랑의 풍습」).

　시인은 몸 밖의 가혹한 사태들을 오로지 견디면서, 내림받은 몸을 수행한다. 견디면서 시를 쓴다. 시인은 자주 얻어맞는다. 비굴하게 맞는 것이 아니라 의연하게 맞는다.

　　목련 하나에 장정 여섯이 붙었다
　　한번 긴 실랑이가 끝나고
　　목련도 담장에 기대 쉬고 있다
　　삽날이 뿌리 탁탁, 끊어 들어올 때도
　　그는 미소를 잃지 않았다
　　의연함은 때때로 구타로 이어진다
　　그를 묶고 몇몇은 억센 힘으로 줄 당기고
　　한둘은 돌아가며 발길질한다
　　후두둑 후두둑, 생니 쏟으며 앞으로 기우는
　　저 목련은 봄날의 약사기도 했다

해마다 그가 내민 흰 약봉지 받아가던
봄을 앓는 자들은 새로운 북카페에 앉아
유리창 갈듯 쉽게 풍경을 갈아치우는
상업의 내력에 붉은 밑줄을 그을 것이다
풍경은 대부분 환경에 먹히고
먹이사슬의 최고 단계에는 이윤이 있다
장정들이 더러운 기분으로 목련을 밟는다
봄날에 때아닌 눈사태 푹푹, 길이
끊어지고 있다

—「상업의 내력」 전문

　어디론가 옮겨가기 위해 목련을 '철거'하는 장면이다.
"삽날이 뿌리 탁탁, 끊어 들어올 때도" "미소"를 잃지 않
는 "그"는 바로 시인의 모습이고, 그 "미소"는 마치 염화
시중(拈華示衆)의 그것과 닮았다. 그러니까, "의연함은 때
때로 구타로 이어진다". (저 때문에 이리저리 땀 흘리고 있
는데 미소라니.) 인부들이야 그 미소의 의미 따위를 알 리
없다. 그들은 "상업의 내력"에 의해 고용된 노동자일 뿐이
니까. 그들은 그저 "더러운 기분으로 목련을 밟"을 뿐이
니까. 목련(시인)은 그들을 미워할 수 없다. 그들은 특정
한 사람들이라기보다 자본의 일상을 수행하는 하나의 풍
경에 더 기여한다. 시인은 다만 "먹이사슬의 최고 단계에
는 이윤이 있다"는 말로 상황을 꿰뚫으면서, 일상화된 자본

의 폭력을 슬쩍 고발한다. 목련에게 '사람'의 이미지를 부
여한 이유이다.

　견딤은 간혹 물의 모습으로 나타난다. 몸은 시인의 유일
한 자산이다. 몸으로 무엇을 할 수 있을까…… 문득 시인의
몸은 물로 빙의한다. 이때의 물은 '낮은 데로 임하는' 이념
적인 물이 아니라, 그냥 '있는' 물이다. 물은 물렁하기 그지
없는 몸으로 무겁고 딱딱한 것들을 가라앉히고 날카로운 것
들을 받아내면서 '있음'을 수행한다. 물은 순정하고 덤덤한
몸의 표상이다. 물이 신방을 차렸다.

　　신부에게는 미안하고 또 무력한 포옹이다
　　손끝만으로도 쉽게 으스러지는 무른 살로는
　　가슴으로는 아무것도 안을 수 없다
　　신랑이 할 수 있는 것은 그저 슬그머니 놓는 것,
　　태생적으로 불을 지피지 못한다 해도
　　하룻밤이라면 하룻밤, 백 년이라면 백 년을
　　제 몸 뚫고 지나가는 신부의 숨결이 되어주는 것
　　빈틈없기에 오히려 느슨한, 거리를 두고 지켜주는 것
　　때로는 문지르고 싶어도
　　때로는 눌러쓰고 싶은 이름이 있어도
　　태연한 포옹으로 다만, 물들게 하는
　　　　　　　　　　　　　　　　　—「물의 방중술」 부분

경계가 뚜렷한 것들은 껴안거나 "문지"르거나 "이름"을
"눌러쓰"면서 사랑의 절차에 몰입한다. 물은 그럴 수가 없
다. "쉽게 으스러지는 무른 살로는" 아무런 행위도 할 수가
없다. "무력한 포옹"이다. 그러나 물은 조급해하거나 갈증
을 내지 않는다. 빈틈없이, "그저 슬그머니" 놓으면서 상
대의 몸을 받아주는 일. "태연한 포옹으로 다만, 물들게 하
는" 일. 시인은 물의 몸을 빌려 세상의 뾰족함을 받아내고
통과한다. 시인은 물의 천성에게서 한 지극한 섬김의 교리
를 배운다.
　그리고 시인은, 자신의 몸에서 "뼈의 땅"을 발견한다.

> 허리가 나가니 못 일어난다
> 내가 내 몸에서 떨어진 것이다
> 떨어져서야 비로소 뼈의 땅을 발견했다
> 그 위에 물 흐르고 풍경 붙어 있어
> (……)
> 뼈가 사람 속의 땅이다
> 자세가 그대로 뼈의 바깥이었다
> 굽은 길을 간 것이 아니라
> 굽은 뼈의 땅을 걸었던 것이다
> (……)
> 기울어진 나를 가르치는 선생의 땅
> 무너진 출구에 주저앉아 눈을 감는다

그래, 뼈가 신발이다

─「뼈저린 일」 부분

뼈는 몸을 세우고 부리는 근간이다. 뼈의 존재는 너무 당연해서 탈이 나기 전까지는 그 소용을 잊기 쉽다. 앞서의 물이 몸의 무위(無爲)를 수행한다면, 뼈는 몸의 행위를 묵묵히 옹호하는 은둔거사와도 같다. 이 뼈가 탈이 났다. 시인은 허리가 아픈 것을 계기로 뼈의 존재를 새삼 깨닫는다. 가까이에 있는 것들이 없거나 탈이 날 때 그 부재와 존재는 더욱 도드라지는 법. "떨어져서야 비로소 뼈의 땅을 발견"한 시인은 아픈 뼈를 통해 몸의 모든 "자세가 그대로 뼈의 바깥이었"음을 깨닫는다. 시인은 한걸음 더 나아가, 꼿꼿하되 드러나지 않는 뼈의 속성을 "기울어진 나를 가르치는 선생의 땅"으로 명명한다. 뼈를 땅으로, 그 땅을 다시 "선생의 땅"으로 확장시켜가는 과정이 이 시의 미학이고 시인의 시적 자세이다. 물의 몸을 입은 시인은 뼈를 스승으로 삼아 또한 섬기고 배운다.

천 개의 빈집

중장비가 뒤통수를 한 방 때리자 빈집이 깨어났다
깨어나자마자 속절없이 몸이 몸을 덮쳐왔다

몸이 잔해가 될 때까지 빈집은 밟혔다
　　　　　　　　　—「북아현동 후기시대」 부분

　시인은 북아현동 '산동네'에서 잔인한 철거의 시대를 맞
는다. 개발의 논리와 공권력으로 무장한 자본은 거대한 중
장비의 근육을 빌려 시인의 마을을 산산조각 낸다. 전략적
이고 일사불란한 폭력 앞에 시인이 할 수 있는 일은 그저 지
켜보는 일밖에 없다. 이미 "빈집"이 아닌가. 시인은 '천수관
음의 눈'으로 철거의 현장을 지켜본다.

　천 개의 지붕 위로 천 개의 달이 지고 천 개의 해가 떨
어진다
　천 개의 낮과 밤이 생겼다가 무너져내린다
　천 개의 하루가 하루아침에 사라지고 천 개의 아름다
운 도착이
　소리도 없이 사라졌다 천 개의 바닥이 무너졌기 때문이다
　(……)
　어둠에 휩싸인 언덕이 순한 가축처럼 엎드린다
　중장비가 그 언덕머리를 베어낸다
　모가지를 단칼에 날리지 않고 천 번을 내리친다
　천 개의 관이 비탈길에 열려 있다
　　　　　　　　　—「천 개의 빈집」 부분

"천 개"의 '천'은 인간 세상의 모든 겹을 상징한다. '천'은 철거민 개별자들이 겪는 절망의 세계이고 상실을 겪으며 살아가는 우리 모두의 세계이다. 시인도 예외일 수는 없다. 시인은 그것에 보태어 또다른 눈과 손을 가져야 하는 숙명을 타고 났다. 시인은 '천수천안관음보살'의 눈과 손을 빌려 이 모든 사태를 살피고 보듬으려는 구도의 자세를 취함으로써, 스스로에게 시의 사명을 부여한다. "천 개"의 그들 속에 시인은 존재하고, "천 개"의 그들 밖에 시인은 또 존재한다. 시인은 지금, 하나를 택하여 달려갈 수 없는 '불이문(不二門)'의 경계에 서 있다.

일방적인 힘의 진행은 저항을 불러온다. 억압하는 힘이 강할수록 저항은 그 투쟁의 순도를 높인다. 그리하여 저항은 마침내 자살을 감행한다. 자살은 이미 전 지구적인 규모로, 동시다발적으로 일어나는 하나의 현상이 되었다. 현재의 방식을 고수하면서 인류문명이 지속되는 한 자살을 막을 방법은 없어 보인다. 전 세계에서 일어나는 수많은 자살을 하나의 논리로 포섭하고 통제하는 일은 더욱 불가능해 보인다. 자살은 뿔뿔이 질주하는 "13인의 아해(兒孩)"(이상의 시 「오감도―시 제1호」 참조)처럼 위태롭다. 일상화된 자살은 현대문명의 익숙한 풍경이 되었다. 나와는 아무런 상관없이.

원화둥팡호텔 옥상
장궈룽의 투신을 시작으로 시는 시작된다
바그다드로 가는 교량을 확보한 병사들은
용산지구 참사를 모르고
자살공격단은 장궈룽의 투신을 모른다
광둥성에서 전 세계로 확산되는
괴질은 나를 모르고
나는 나의 아군이 누구인지 모른다
전 세계를 도는 봄에게 아군을 물으니
제 몸에 격추된 곳 많아 확인하기 어렵다 한다
가끔 오인사격도 있다
봄과 나, 병사와 괴질, 장궈룽의 투신은
서로 모르는 사이이므로
남쪽에선 강의 항쟁이 시작되었다
검문소가 없는, 또는 있는 모든 곳에서
옥상이 있는, 옥상이 없는 많은 곳에서
장궈룽의 투신이 목격되고 있다
험하면 험한 대로 모양내며 자라날 꽃씨들
거리와 다투지 않는 것은 꽃과 아이들뿐인데
꽃을 낳을 사람들이 사라지고 있다
꽃으로 수비할 수 없는 곳은 더 많다

—「굴레방다리」 전문

자살은 이토록 서로 상관없는 일일까. 삶의 터전을 잃고, 사랑을 잃고 절망하는 사람들의 투신을 시인은 도시 곳곳에서 목도한다. 장귀롱으로 상징되는 최초의 투신은 마치 도미노처럼 또다른 투신을 몰고 온다. 자살은 때와 장소를 가리지 않고 이어진다. "모든 곳에서" "많은 곳에서" "장귀롱의 투신이 목격되고 있다". 개별적이면서 다중적이고 동시다발적인 자살은 인과법칙의 단일 회로만으로는 감당할 수 없다. 죽게(자살하게) 만드는 자와 죽는(자살하는) 자가 서로 난마처럼 얽힌 채 각자의 노선을 따라 질주한다. "봄과 나, 병사와 괴질, 장귀롱의 투신은/ 서로 모르는 사이"로 얽혀 있다. 자살은 '너 때문에 죽는다'는 유언을 남기지만, '너'는 살아 있는 우리 모두이므로 전폭적인 지지를 얻는 데 실패한다. 봄은 여기저기 피는 꽃들로 몸살을 앓는다. 시인은 꽃이 피는 양상을 자살의 그것과 연관시킨다. "전 세계를 도는 봄"은 꽃들의 '투신'을 일일이 기억할 수 없다. 꽃을 지키기 위한 꽃의 자살…… 시인은 꽃의 단절을 안타까워한다. "꽃을 낳을 사람들이 사라지고 있다/ 꽃으로 수비할 수 없는 곳은 더 많다". 시인은 "모른다"는 반어를 통해 나와 상관없이, 서로 모르는 가운데 벌어지는 이 모든 사태가 기실은 하나의 끈으로 연결되어 있다는 점을 안간힘으로 알리고 싶은 것이다, 라고 읽는다. 시인은 "북아현동 후기시대"를 철거와 자살의 연대(年代)로 기록한다.

살아남은 자들의 일상 또한 쓸쓸하기 그지없다. 시인은

경험을 통해 투쟁과 연대(連帶)의 한계를 뼈저리게 깨닫는다. "모든 두려움은 살길을 먼저 설계한다/ 때문에 구조적으로 나약하다/ 제국은 보이지 않는 손을 가졌다/ 그 손이 이리저리 유영하며 슬쩍 촌지를 찔러넣을 때", 조직의 구성원들은 하나둘 빠져나가고 남은 자들의 의견은 점점 분분해진다. 적전분열로, 자중지란으로, 유야무야로 연대는 마침내 그 힘을 소진한다. "뒷골목엔 우리만 독버섯처럼 쓸쓸히 서 있었다"(「조직의 쓴맛」).

치명적인 희망

앞서의 "천 개의 빈집"의 주인들은 다 어디로 갔을까. 도시에 남은 대부분의 그들은 더 나은 삶이라는 또다른 희망을 경작하며 살 것이다. 희망이란 습관 같은 것, 건더기 없는 국물 같은 것. 마음으로만 배불리 먹는 소꿉밥상 같은 것. 가진 자는 희망이라는 말을 잘 하지 않는다. 어쩌면 희망은, 고단한 삶을 다스리는 '보이지 않는 손'의 통치언어가 아닌가. 희망은, 근면 성실 노력과 같은 골백번 지당한 말씀을 거느리며 노동을 호미질시킨다. 시인은 "제국의 보이지 않는 손"보다 더욱 은밀한 "내부의 적"을 발견한다. 희망이 우리의 적이라니.

나 오래전 희망에 등 돌렸네
희망은 내 등에 비수를 꽂았네
그러나 그에겐 아무런 잘못이 없네
누구도 거들떠보지 않는 비극을
처음부터 끝까지 그만이 지켜봐주었네
언젠가 내가 천천히 무대 끝에 섰을 때
그가 내밀던 따뜻한 거짓말이 없었다면
내 삶은 일찌감치 독백과 함께 퇴장했으리
모든 결심의 든든한 우방이자 배후였네
그러면서 무대 뒤로는 슬픔을 불러들였네
어렴풋이 희망이 적이 되리란 걸 알았으나
어쩌겠나, 그 앞에서 개처럼 꼬리 치던 계획들
나 희망과 너무 가까웠네
죽일 수도 없었네, 희망은 그냥 사라지는 것
시체가 아니라 실체가 없었네
어리석고 친절했던 내 삶을 미워하지 않으리
그에겐 아무런 잘못이 없네
희망은 손뼉을 받으며 희망으로 돌아가네
나는 나에게서 사라지네

— 「내부의 적」 전문

　희망은 두 개의 얼굴로 우리에게 온다. 희망은 성공에 이
르는 약관을 보여주면서 '실패책임각서' 같은 것을 슬쩍 끼

워놓는다. 희망에 목마른 사람이라면 각서를 대강 훑어보
거나 읽지도 않고 서명하기 마련일 것이다. 불안한 삶에게
희망은 얼마나 고마운 배려인가. 그러나 희망의 십중팔구
는 성공에 이르지 못한다. 희망 역시 '다수의 실패, 소수의
성공'이라는 자본의 행보에 포섭되어 있기 때문이다. 희망
은 처음부터 실패를 예견하지만 내색하지 않을 뿐이다. 마
치 교묘한 사기처럼. 이것을 알아챈 시인은 분노한다. "나
오래전 희망에 등 돌렸네/ 희망은 내 등에 비수를 꽂았네".
그러나 희망에게는 "아무런 잘못이 없음"을 시인은 곧 깨
닫는다. 희망은 "따뜻한 거짓말"이었으며, "모든 결심의 든
든한 우방이자 배후"였기에 시인은 자신의 실패를 희망에
게 전가하지 못한다. 희망을 채택한 시인의 잘못이다. "실
체가 없"는 희망은 죽지 않고 "그냥 사라지는 것"이며, 또
다른 미래를 향해 "손뼉을 받으며" 다시, "희망으로 돌아
갈" 수밖에 없다. 희망은 '자본의 제국'이 우리에게 먹이는
묘약인지도 모른다. 그런 희망이라니. 시인은 우리가 무심
코 수용하는 습관적이고 어용적인 희망에 대해 회의할 것
을 요구한다. 스스로에게 중독된 희망, 반성하지 않는 희망
은 필요 없다.

　희망과 결별한 시인은 집으로 돌아온다. "슬픔을 씨앗
처럼 붓대에 숨기고 돌아가 쓸 것이다/ 천천히 열린 문이
벽을 짚고 멈출 때 문득/ 가장 쓸쓸한 것은 집으로 가는
길"(「오래된 귀가」). '살아가는 것'보다 더 절실한 희망은

없다. 삶은 생활의 허기를 섬기며 하루하루를 나아간다. 소
란한 바깥에서 돌아온 시인은 최초의 행위처럼, "무거운 숟
가락"을 든다.

밥그릇에 누가 숟가락 하나 더 얹는다
그림자다, 내가 부양하는 묵묵한 식구
검은 거죽만 남은 나의 장자(長子), 서글픈 첫 새끼
(······)
혼자 먹는 밥상은 기실 또렷한 겸상
(······)
그러면 눈물도 웃음도 한집에 들어가
그냥 그렇고 그런 또 한 세월 사는 것이다
숟가락을 놓는다, 가만히 손길을 거두는
검은, 참을 수 없이 무거운 숟가락
우리 사이에는 타협할 수 없는 절망이
단번에 건너뛸 수 없는 여러 번의 생이
서로를 파고드는 어두운 뿌리가
　　　　　　　　　　　　　　―「무거운 숟가락」 부분

그림자는 존재를 떠받치는 노속과 같다. 생명을 다할 때
까지, 한 치 다름없이 몸을 수행하는 그림자는 떼려야 뗄 수
없는 숙명. 시인은 자신의 그림자에게서 혈육을 느낀다. "내
가 부양하는 묵묵한 식구/ 검은 거죽만 남은 나의 장자(長

子), 서글픈 첫 새끼". 그림자를 생각하는 시인의 마음은 서글프다. 마치 자식처럼. 그림자는 천성적인 충직함으로 시인의 몸을 수발한다. 한탄과 한숨의 알리바이에 기여하면서 몸의 안색을 살핀다. 그림자 없는 삶은 몸 없는 허공의 삶이다. 일찍이 '허공의 희망'을 쫓은 적이 있는 시인은 고통스럽지만, 그림자가 있는 삶을 받아들일 수밖에 없다. 시인과 그림자 사이에는 "타협할 수 없는 절망이/ 단번에 건너뛸 수 없는 여러 번의 생이/ 서로를 파고드는 어두운 뿌리가" 있다. 그림자는 시인의 몸에게 '한 걸음, 하루하루, 하나부터'의 삶을 은연중에 촉구한다. 함께 견디자는 말이다. 시인은 살아서는 벗어날 길 없는 이생의 존재를 어쩌지 못하고 견딘다.

사람들은 자주 이사를 한다. 점점 가팔라지는 삶을 견딜 수 없기 때문이다. 이삿짐이라는 이름으로, 눅눅한 살림의 물목들을 밖으로 들어낼 때, 그것들을 싣고 다시 어디론가 떠날 때, 삶은 뒤숭숭함과 쓸쓸함을 더한다. 시인은 그들의 이삿짐 속에서 '지구(!)'를 발견한다.

여자는 거울 속으로 들어가서
부지런히 무언가를 안고 나온다
아이가 거울에서 지구를 들고 나온다
방에 굴러다니던 지구는 불편했다

지구를 트럭에 실을 수는 없는 일
필요한 것은 지구가 아니라 방 두 칸
플라스틱 수거통에 지구를 버린다
지구가 지구로 낙하한다
텅, 아이는 울고, 지구는 플라스틱이었다

(……)
버려진 지구 위로 거짓말처럼
나비, 난다 플라스틱 바다 가볍게 날아
적도 스치나 싶더니 순식간에 담벼락 넘어와
거울에 박힌다, 나비도 무겁다

(……)

트럭이 지구에서 멀어지고 있다
해가 동쪽으로 지고 있다

　　　　　　　　　　—「나비도 무겁다」 부분

　지구본은 흔한 물건이다. 아이들은 지구본을 가지고 놀
면서 바다와 대륙을 익히고 둥근 지구를 배운다. 시인은 본
능적으로, 지구본과 지구를 통찰한다. 큼과 작음, 무거움과
가벼움, 추상과 일상의 알레고리로 지구와 지구본은 상호
맥동한다. "지구가 지구로 낙하한다". 때마침, 거의 필연처

럼 날아온 "나비"가 '지구 ↔ 지구본'의 알레고리를 더욱 심
화시킨다. 가벼운 나비는 아무런 근심 없이, 자유로이 지구
(본) 위를 나는 것처럼 보이지만, 곧 세워놓은 "거울"에 부
딪치고 만다. 나비도 기실은 삶의 무게를 가진 존재임을 시
인은 새삼 깨닫는다. 작고 가벼운 살림에게는 나비조차 무
거운 존재이다. 좁은 삶의 평수에 지구(본)는 더이상 쓸모
가 없다. "필요한 것은 지구가 아니라 방 두 칸"일 뿐이다.
"여자"는 "플라스틱 수거통에 지구를 버"림으로써, 생활에
아무런 보탬이 안 되는 추상적인 지구와 결별한다. "지구는
플라스틱이었"을 뿐이다. 지구(본)의 주인인 아이는 슬프게
울면서 지구(본)와 "멀어진다". 거꾸로 처박힌 지구(본)에
"해가 동쪽으로 지고 있다". 지구를 떠나는 가족에게 지구의
질서 따위는 더이상 의미가 없다. 시인의 "북아현동 후기시
대"는 늘어나는 빈집과 떠나가는 이웃으로 점철되어 있다.

유랑의 원적

　내가
　행복했던 곳으로 가주세요

　　　　　　　　　　　　　　　—「택시」 전문

　시인이 "행복했던 곳"은 어디일까. 대부분의 행복은 '지

106

금 이곳'에 있지 않고 '향후 저곳'에 있거나 '한때 그곳'에 있다. 현재는 현재라서 행복하지 않다. 희망을 반납한 시인은 더이상 향후의 행복에 복무하지 않는 대신, '한때 그곳'의 행복을 불러낸다. 과거의 행복은 돌아갈 수 없는 그리움으로 더욱 간절하다. 시인이 "행복했던 곳"으로 가보자.

> 라일락에 세 들어 살던 날이 있었다
> 살림이라곤 바람에 뒤젖히며 열리는 창문들
> 비 오는 날이면 훌쩍거리던 푸른 천장들
> (……)
> 주인은 봄마다 방값을 올려달랬으나
> 꽃 피면 올라왔다가 꽃 지면 내려갔다
> (……)
> 저물녘 멀리 마을버스가 들어오고 이웃들이
> 약국 앞 세탁소 앞 수선집 앞에서 내려 오순도순
> 모두 라일락 속으로 들어오면 나는 기뻤다
> 그때 밤하늘은 여전히 신생대였고
> 그 별자리에 세 들어 살던 날이 있었다
> —「라일락 전세」 부분

가난한 "이웃들"과 "오순도순" 살아가던 "그때"를 시인은 행복한 때로 기억한다. "그때"는 시인의 마을이 철거되기 전의 '북아현동 전기시대'이면서 "신생대였"다. 그러나

시 속에 드러나는 행복의 항목들을 보건데, "그때"가 현재라면 그리 행복하지만은 않을 것이다. 과거의 행복은 고단한 현재가 부여하는 행복일 뿐이다. 따라서 시인이 느낀 '행복했던 때'는, 과거와 현재를 견주어 '적어도 지금보다는 행복했던 때'라고 읽는 것이 더 맞을 것이다. 과거의 행복은, 아련한 그리움과 함께 우리의 회귀본능을 자극한다. 우리는, "그때"가 더 행복했다.

과거를 거슬러오른 그리움은 이윽고 한 원형공간에 닿는다. 그 공간은 유년의 공간이며, 이산(離散)의 원적지이다. "아무리 내디뎌도 낮잠에서 나가지 못"하는 "어무이"가 계시는 곳(「가위」), "소 팔아 상경한 아비가 소처럼 일하고 돌아온 저녁"(「가축의 정신」)이 깃든 곳이다. 쥐약을 먹고 "눈깔 뒤집힌 흰둥이 자꾸자꾸 돌던 옛집 마당"(「달의 통로」)이며, "누가 하나 먼저 울면 우리는 앞다리 뒷다리를 바닥에 붙이고 일제히"(「역전의 용사를 위하여」) 따라 우는 울음의 공간이다.

유년은 행복한 '방목'의 추억을 간직하기도 하지만, 장차 '유목'을 이어받는 한 지점이기도 하다. 시인의 유목, 혹은 "유랑"은 과거의 유년으로부터 자연상속 받은 것이다. 시인의 의사와는 무관하게, "기억이 남긴 몹쓸 유산"으로 인하여 시인은 괴로워한다. 시인은 "울적한 그늘"에 앉아 부초처럼 떠도는(떠돌아야 하는) 인생을 한탄한다.

전생에서 내 가져온 재물인가
슬픔에게 바치는 서글픈 뇌물인가
한숨이여, 기억이 남긴 몹쓸 유산이여
무너진 흙더미 같구나, 내 불쌍한 행복아
(……)
햇살 피해 나 울적한 그늘에 앉았네
(……)
동의하지 않은 이 유랑에 대해
초췌한 철학은 한 번도 설명하지 못했네
나 공연히 일어나 이생으로 넘어왔네
나는 왜 나에게 죽음을 전수했는가
　　　　　　　　　　　—「유랑의 풍습」 부분

"동의하지 않은 이 유랑에 대해" 누구도 설명해주지 않는다. 도시에 사는 대부분의 우리는 시인과 같은 유랑민이기도 하거니와, 설명을 듣는다고 한들 무슨 뾰족한 수가 있겠는가. 앞서의 '자살'처럼, '유랑'도 현대문명의 한 특징적인 양상이 되었다. 산업화와 이촌향도로부터 시작된 우리의 유랑은 세월이 흐르면서 두 길로 각자도생한다. '비교적 실패한 유랑'과 '비교적 성공한 유랑'이다. 실패한 유랑은 토착화된(?) 상실로 도시의 주변을 떠돈다. 성공한 유랑은 그 성공을 바탕으로, 이른바 글로벌리즘을 수행하는 유랑으로 보폭을 넓힌다. 전자의 유랑은 숙명적이고, 후자는 필요와

여유를 추구하는 자발적인 유랑이다. 시인의 유랑은 전자의 유랑(쪽)이며 결핍과 상실과 소외를 전수(傳受)한 원주민의 유랑(쪽)이다. 그리하여, "나 공연히 일어나 이생으로 넘어왔네/ 나는 왜 나에게 죽음을 전수했는가"라는 시인의 한탄은 상실을 겪으며 떠도는 우리 모두의 유랑에 던지는 화두와도 같은 것이다. 아니, 모든 존재의 유랑에 던지는 근원적인 물음이다.

시인은 다시 물에 주목한다. 강을 바라보며 '어떤 가족'을 떠올린다. 물은 '몸'의 근원이고 '가족'의 "본적"이다. (물에 대한 시인의 사유(思惟)는 각별한 데가 있다. 「냇물전화기」「물의 방중술」「나쁜 삶」 참조.) 물속에 가족이 산다.

> 발목을 넣자 강이 입을 벌렸다
> 급히 발을 거두고 이승으로 물러앉았다
> 저 물은 분명 식욕을 가졌다
> 손바닥으로 강을 쓸면
> 어김없이 손가락에 걸려나오는 머리카락들
> 거기 물의 가족*이 살고 있었다
> 강이 입양한 아이를 키우려 여자를 불러들이고
> 여자는 한 사내를 집으로 끌어들였으리라
> 물의 본적을 가진 사람들은

---

* 마루야마 겐지에게서 빌림.

언젠가는 물로 돌아가 살게 된다
　　　　　　　　　　　　　　　　　　　—「물의 가족」 부분

　물속에는 죽은 사람들이 가족을 이루어 살고 있는지도 모
른다. 시인은 물 밖 "이승"에서 물속 '저승'의 가족들을 불
러낸다. "손바닥으로 강을 쓸면/ 어김없이 손가락에 걸려
나오는 머리카락들". 물속은 죽은 가족들이 살고 있는 피안
(彼岸)이다. 지금 이곳의 몸으로는 닿을 수 없는 그곳에 물
을 섬기며 사는 가족들이 있다. 물은 식욕과 울음을 보듬으
며 모든 존재를 부른다. "물의 본적을 가진 사람들은/ 언젠
가는 물로 돌아가 살게 된다"는 염원에 따라, 물의 몸을 가
진 시인도 언젠가는 "물의 가족"의 품으로 돌아갈 것이다.
시인은 "물의 가족"이라는 발상을 통해 세상에서 가장 원초
적인 가족의 기원을 건져올린다. 시인의 현재 가족도 "물의
가족"에서 발원한 것임을 자각하면서, 시인은 현재의 고달
픔을 위로받고자 한다. 위로하고자 한다.
　그러면, 시인의 삶은 이대로 끝인가. 아무런 희망 없이,
의미 없이 살다가 이대로 생을 마감하는 일만 남았는가. 이
쯤에서, 시인은 자신의 존재(있음)를 해명해야 한다. 우리
네 삶이 어떻게 이어지고 '부활'하는지, 시인은 시로서 말
해야 한다.

감자들이 눈을 떴다
한동안 낌새만 살피더니 슬그머니 줄기를 올린다
저들은 원래 강한 씨족이었다
대대로 땅에서 굴러먹은 터
웬만해서는 생의 기초가 무너지지 않는다
숨어서 꾸려가는 집안일에도 이골이 났다
고운 어둠은 새살림을 시작하기에 좋다
집구석에 방치한 상자에 한 집안이 생기는 것이다
기울어진 일가를 일으키는
저들의 방식은 대단히 정교하다
우발적인 일이 아니라 겨울을 나면서 계약한 일
감자들은 머리 맞대고 치밀하게 꾸민 것이다
누구는 상처 묵혀 진물을 내고
밑바닥에 깔린 식구는 몸을 삭혀 스스로 흙이 된다
죽어 사라지는 것이 아니라 제 목숨을 전달하는 것
그렇게 다시 인연을 맺는 것이다
물렁물렁한 얼굴 위로 올라오는 저 싹수들
나는 집을 뒤지던 손을 거두고 공손히 물러난다
단정히 앉아 옷만 남기고 꺼져가는 자들의 환생
살아서 죽음에 눈뜬 자들의 안색이 밝다
　　　　　　　　—「어느 날 환생을 계약하다」 전문

"집구석에 방치한 상자에" 감자들이 썩고 있다. 주인도 모르게 썩고 있다. 감자들은 그 '모르는 시간'를 통해 "꺼져가"면서 "환생"한다. 시인은 뒤늦게 감자의 '부활'을 발견한다. 흙과 물과 빛이 없는 곳에서 감자들은 어떻게 싹을 틔울 수 있었을까? 시인은 감자들이 감내해온 은밀한 시간을 추론하며 그들의 부활을 되짚는다. 시인이 몰랐던 감자들의 시간은 그냥 썩어가는 시간이 아니라 "환생"을 마련하는 자발적인 견딤의 시간이었던 것. 그러니까, 감자들의 부활은 "우발적인 일이 아니라 겨울을 나면서 계약한 일"이고 서로 "머리 맞대고 치밀하게 꾸민 것이다". 감자들은 "상처 묵혀 진물을 내고" "몸을 삭혀 스스로 흙이" 되어 싹을 틔우고 줄기를 올린다. "죽어 사라지는 것이 아니라 제 목숨을 전달하는 것" "단정히 앉아 옷만 남기고 꺼져가는 자들의 환생/ 살아서 죽음에 눈뜬 자들의 안색이 밝다"는 시적 발견(표현)은 경이롭다. 감자들은 "대대로 땅에서 굴러먹은 강한 씨족"이며 "웬만해서는 생의 기초가 무너지지 않는" 끈질긴 삶의 집합체이다. 시인은 감자들의 "환생"을 목도하면서 (세월에게) 자신의 "환생을 계약"한다. 이제부터, 시인의 '견딤'은 저 감자들의 "환생"을 불러오는 필연의 시간에 바쳐질 것이다. 향후의 부활에 기여하는 '견딤'이야말로 가장 순정한 희망의 자세가 아닐 것인가. "환생을 계약"한 시인의 이마가 환해진다.

   시인은 또다시 견딘다. 견디면서 견딤을 각성한다. 각성하는 견딤은 그저 고여 있는 견딤이 아니라, 현재를 응시하면서 향후를 궁리하는 견딤이다. 시인은, 물의 몸 → 철거의 시대 → 가축의 정신 → 유랑의 풍습 → 감자의 환생을 거치는 일련의 사유를 통해 간절하고 지극한 견딤의 시학을 완성한다. '대체 왜?'라는 깊은 물음을 품은 채.

박지웅 부산에서 태어나고 자랐다. 추계예술대학교를 나왔다. 2004년『시와 사상』신인상, 2005년 문화일보 신춘문예로 등단했다. 시집으로『너의 반은 꽃이다』『빈 손가락에 나비가 앉았다』가 있다. 지리산문학상, 천상병시문학상, 시와시학 젊은시인상 등을 수상했다.

문학동네시인선 033
구름과 집 사이를 걸었다
ⓒ 박지웅 2012

1판 1쇄 2012년 12월 10일
1판 5쇄 2023년 10월 12일

지은이 | 박지웅
책임편집 | 김형균
편집 | 김민정 김필균 강윤정
디자인 | 수류산방(樹流山房) 본문 디자인 | 유현아
저작권 | 박지영 형소진 최은진 서연주 오서영
마케팅 | 정민호 서지화 한민아 이민경 안남영 왕지경 황승현 김혜원 김하연
브랜딩 | 함유지 함근아 박민재 김희숙 고보미 정승민 배진성
제작 | 강신은 김동욱 이순호
제작처 | 영신사

펴낸곳 | (주)문학동네
펴낸이 | 김소영
출판등록 | 1993년 10월 22일 제2003-000045호
주소 | 10881 경기도 파주시 회동길 210
전자우편 | editor@munhak.com
대표전화 | 031) 955-8888 팩스 | 031) 955-8855
문의전화 | 031) 955-3576(마케팅), 031) 955-2678(편집)
문학동네카페 | http://cafe.naver.com/mhdn
인스타그램 | @munhakdongne 트위터 | @munhakdongne
북클럽문학동네 | http://bookclubmunhak.com

ISBN 978-89-546-1972-1 03810

www.munhak.com

문학동네